新・餓狼伝

巻ノ四 闘人市場編

夢枕獏

双葉文庫

新・餓狼伝 巻ノ四 闘人市場編

目次

新・餓狼伝

巻ノ四

闘人市場編

序章　姫川源三

1

「大丈夫だ。口が利けるようにはしておくから、話は後でもできる」

隅田のその言葉は、

〝殺さないから――〟

そういう意味のようであった。

隅田は、姫川源三に向きなおった。

「じゃあ、やろうか」

隅田が言った。

「口が利けるようにしてもらえるのはありがたいんだけど……」

源三が、自分を囲むようにして立っている、隅田の弟子たちを見回した。

「ああ、こいつらには、手を出させないよ。木佐山、何があっても手を出すんじゃないぜ。わかってるだろうけど――」

「はい」

木佐山が、背筋を伸ばしてうなずく。

隅田の一番弟子で、市村二郎という男がいる。

この〝隅研〟で、隅田に次ぐ寝技の実力がある。

その市村が、マカコというブラジル人に負けた。マカコも、今日の姫川源三のようにふらりとここへ姿を現わし、何人かと乱取りともスパーリングとも違う、ほぼ本気の勝負をした。

マカコは、その時対戦した隅研の連中のことごとくに一本勝ちをし、そして、最後に市村と戦って、彼をあっさりと倒してのけたのである。

それを知った隅田が、自宅に市村を呼び、稽古のついでに腕を折った。

そのことを、木佐山は思い出し、背筋を伸ばしたのである。

マカコは、誰かから、隅研の練習場を聞いて足を運んだらしいが、それを教えたのが誰であるかは口にしなかった。

そして、そのまま、マカコに勝ち逃げされてしまったのである。

マカコと姫川源三——

隅田は、マカコへの恨みを、姫川源三にぶつけようとしているのか。いや、すでに源三も、隅研に通いはじめた志村を野試合で倒している。

源三に対するそれなりの思いが、隅田にはあると考えていいだろう。

「姫川、あんたも親父さんがあぶなくなったからって、試合中にちょっかいを出してくるなんてことはないよな」

すでに、隅田は、試合という言葉を使っている。

「もちろん……」

姫川勉(つとむ)は言った。

「ルールは？」

源三が訊く。

「何だってよか」

隅田の薩摩(さつま)訛(なま)りが出た。

「そうじゃろ？」

「ああ」

源三が、嬉しそうにうなずいた。

「後で、ルールがこれこれだったら負けなかった。これをやらせてもらえれば、勝てた。そんなみっともないことを言うつもりも、言わせるつもりもないからね……」

隅田の声もまた低くなっている。

「打撃も？」

「いいさ。使えばいい」

隅田が言った時——

「で、でも……」

木佐山が、何か言いたそうに、口を動かした。

「何だ？」

「さ、最低限度のことは、決めておいた方がいいんじゃないんですか——」

「最低限度って？」

隅田が、じろりと木佐山を睨む。

「め、目の中に指を入れたり、嚙みついたり……」

木佐山が、半分、怯えの入った目つきで言う。

放っておいたら何をしでかすかわからない——そういうものを、源三に見てとったのであろうか。

それとも逆に、隅田がそうするのを防ごうという意味であったのか。

「ふうん……」

と、隅田が、太い頸をすくめてみせた時——

「この前、隅田さんが、グレート巽のところでやった試合がありましたね」

源三が言う。

「ああ」

隅田がうなずく。

「あの時のルールでいいんじゃないのかなあ？」

「それでいこう」

これで、試合ルールが決まってしまった。

しかし――

レフェリー――柔道で言うなら審判が決まっていない。

いったい、誰がこの試合を捌(さば)くのか。

「審判は、いらなかろう」

隅田が言った。

「そうだね」

源三がうなずく。

傍目(はため)には、源三が嬉々としているように見える。

「どちらかが、まいったをするか、動けなくなったら、それで終(しま)いじゃ。審判、判定は、ここにいる皆じゃ」

隅田が言う。

すでに、他のことでこの体育館を使っている周囲の人間たちの視線も集まり始めている。

「木佐山、バドミントンの、加山(かやま)さんに声をかけてこい。おもしろかもんが見れるちゅうてな」

隅田が言うと、

「はい」

木佐山がうなずいて、向こうのコートを使ってバドミントンをやっている人間たちの方へ走ってゆく。

この体育館、隅研ばかりが使用しているわけではない。幾つかの競技が、同時に何組か、それぞれの場所で試合をしたり、練習をしたりしているのである。

隅研と、同じ曜日に、バドミントンをやっているチームがあるのだ。木佐山は、そこまで走ってゆき、コーチらしき男に声をかけた。

ほどなく、木佐山は、その男と一緒にもどってきた。

「隅田さん、試合をするんですって？」

やってきた男は、上気した顔で言った。

隅田が何者であるか、ちゃんと承知しているらしい。

「加山さん、見ていって下さい」

部外者の加山がここで試合を見ている——これならば、どちらもおかしい真似はできぬであろうという、隅田なりの配慮であるらしい。

この時、すでに、源三はシャツと靴下を脱いで、素足になっていた。

ジーンズのポケットに手を突っ込んで、財布だの、ライターだのハンカチだのを取り出して、

「こいつをたのむぜ、勉——」

源三は、ポケットから出てきたものを、姫川勉の手に預けた。

素足で、マットの上に上がった。

マットは、ウレタン素材のブルーのジョイントマットである。

一メートル四方の、ウレタンのマットがあり、それを六十四枚繋ぎ合わせているので、それがそのまま八メートル四方の試合場になっていることになる。

マットの弾力を手で確かめ、源三はそこに立った。

その前に、隅田が立って向きあった。

源三は、ジーンズにTシャツ。

隅田は、普通の柔道着姿である。

「無寸雷神(むすんらいじん)、見せてもらえるんでしょうね」

隅田が問う。

「そうか、志村くんから、聞いてるんだ……」

「どうなんだ」

「機会があれば、ね」

言った源三の腰が、浅く落ちている。

ただそこに突っ立っているだけのように見えるが、すでに闘いの準備はできあがっているらしい。

「じゃ……」

隅田が、腰を落とし、両手を持ちあげて前に出した。

いい構えだ。

どっしりと、小岩がそこに根を生やしたように見える。

前後、左右、どちらからどのように攻撃されても、大丈夫な構えだ。

軽く、前に出る。

軽い。

マットに根を生やしたように見えた身体が、こんな風に動くのか。

自分の間合の一歩手前で、隅田は足を止めた。
これが打撃なら、半歩で間合だ。
源三が、半歩踏み出し、蹴ってくれば当る。
蹴ってこい。
蹴ってきた瞬間に、組む。
タックルして、組む。
柔道の組み方ではない。
打撃が一番効果のある距離を、それで潰す。
打撃は、つきあわない。
打撃はもらうが、浅くする。
それで、相手の打撃を殺す。
組んで、倒す。
倒して、マウントポジションをとる。
こうなったら、相手がどのような術理を学んでいようと、どのような古流であろうと、
自分が有利になると、隅田にはわかっている。
こちらからタックルを仕掛ければ、それにパンチや膝を合わせられてしまう可能性があ

る。
向こうに、先に技を出させる。
その瞬間に合わせて飛び込む。
飛び込んだら、迷わず一気にゆく。
隅田の関節技は、神の域にある。
組んで、倒れた時には、もう、手でも腕でも、足でも、関節を取っている。
寝技というよりは、打撃技のようなタイミングと疾さがある。
警戒すべきは……
無寸雷神——
密着した状態からの打撃技。
すでに、それで、志村弘太がやられている。
奇妙な名前の技だ。
その正体を、ワンインチパンチ——つまり寸勁であると考えている。
相手の身体に触れた状態から、打撃の衝撃を相手の肉体に伝える技。
本来は、立った状態でやる技だ。
技を出す者の足が、地面についていないと、出せない。勁の力を伝えられないからだ。

それを、寝た状態からどう出すのか——
それを、自分の身体で味わってみたい気もしている。
隅田は、悦んでいる。
わくわくしていると言ってもいい。
自然に、唇がほころんで、白い歯が覗いてしまう。
「好きだなあ、あんた」
源三が、困ったような声をあげた。
その声には、感心したような響きもある。
「やられたくて、股を開いて待ってる女みたいじゃないか」
言われた途端、ぞくり、と快感に似たものが、隅田の背を這いあがる。
ひゅっ、
と、隅田の喉が鳴った。
隅田は、待たなかった。
動いた。
身体が、反応してしまった。
相手の動きを待たずに、自ら前に出ていたのである。

頭部を、両肘でガードしている。

頭以外、どこへ攻撃を受けてもいい。

そういう戦略であった。

隅田の脳裏にあったのは、姫川勉のことであった。

姫川勉は、北辰館(ほくしんかん)の人間である。

姫川が、古流の竹宮(たけみや)流柔術を学んでいることは、知識の中にあった。

だから、寝技に対して素人ではないともわかっている。しかし、その本質は、打撃であり、空手であると認識していた。

その父親である姫川源三もまた、打撃屋であろうと考えたのだ。

志村は、無寸雷神と呼ばれる打撃技でやられている。

だから、頭部をガードしたのだ。

自分の肉体(ボディ)は、筋肉の鎧(よろい)でコーティングされている。肉体への打撃であれば、一発で決められるということはあるまい。そういう自信があったからこそ、前に出たのだ。

普通であれば、自分のような寝技師が、打撃屋とやる時は、待つ。間合を計りながら、相手が出してくる打撃技の隙をついて、組み、倒し、寝技に入って関節をとる。

相手が、寝技に対して素人なら、いくら打撃が得意でも、倒した瞬間にはもう極(き)めて、勢いで腕の一本でも折ってしまえばいい。相手が多少、寝技ができたところで、寝た状態で、まず自分が関節をとられることはないという自信があった。

もしも、セオリー通りに、見合って、間合を計り、打撃を警戒しながら隙を見て組むというような流れに入ってしまったら、どこでフェイントにひっかからないとも限らない。

そういう危険を考えれば、相手に何もさせずに、いきなり組みにゆくというのは、必ずしも無謀なことではない。

間合を計らない。

前に出て、組む。

このシンプル極まりないやり方が、一番いい。

身体が反応してしまったのは確かだが、それだけのことを背景に持って、前に出たのである。

が――

逃げた。

姫川源三は、大きく後方に跳んで、退がり、あっさりとジョイントマットの外へ出てしまったのである。

柔道でいうなら、場外へ出てしまったことになる。

さすがに、隅田もそこまでは追わなかった。

想定外のことであったからだ。

いくら、東洋（とうよう）プロレスがこの前やったＭＭＡ（ミックスドマーシャルアーツ）の試合ルールに準ずるといっても、あの時の試合場はロープで四方を囲まれたリングであった。

ジョイントマットを囲むロープはここにはない。

場外へ出たらどうするかを決めてない状態ではどうしようもない。

「まさかな……」

隅田は、つぶやく。

場外に故意に逃げるのは反則でこそないが、仮に反則だとしても、それを罰するものが、ここにはない。

しかし、挑戦してきたのは、姫川源三の方である。

挑戦しておいて、まさか、試合にならないようなことをするなんて――

「悪かったね。あんたが、ちょっと恐かったんだよ」

姫川源三は、場外の板の上で、頭を掻いた。

「次は、やめないよ」

隅田の顔に、不思議な笑みが浮いた。

「まさか、この体育館の中を、どこまでも走って逃げたりはしないだろうけど――」

「恐いことしなければね」

「するよ。でも、逃げれば、もっと恐いことになるね――」

隅田は言った。

隅田は、気がついていた。

姫川源三が、今、その足の下に踏んでいるものに。

それは、板だ。

ジョイントマットの外へ出れば、当然、そこは体育館の床だ。マットより硬い。

つまり――

板の上に投げ落とされた時のダメージは、マットのそれとは比較にならないものがあるということだ。

柔道がベースの隅田は、寝技師として知られているが、投げる技術が、寝技よりおとるということはない。

ただ、寝技が異常に好きなだけで、投げの技術も凄い。

だから、板の方まで逃げるとやばいよと源三に言っているのだ。

「いいさ」

源三は言った。

「いい？」

「ほんとは、今、わざと場外へ誘ったんだよ——」

「誘ったって、その板の上へってこと？」

「ああ。でも、あんた、気がついちゃったからなあ」

「負け惜しみじゃ、ないよな」

「うん」

「おもしろくなってきたね」

わざと場外へ誘った——本当か。

どっちでもいい。

やればわかることだ。

言葉にまどわされてはいけない。

隅田が、退がった。

源三が、前に出て、再びジョイントマットの上に立った。

また、マットの上で向きあった。

姫川源三——

見れば、五〇歳前後のおっさんだ。

親父である。

いくら、瞬間的には動きも疾く、一瞬力を出せたとしても、所詮歳には勝てぬであろう。

スタミナは、すぐになくなる。

もしも手に負えなければ、戦法を変えて、スタミナ切れを待てばいいだけのことだ。

隅田は、そう考えていた。

無言で、すっ、と前に出た。

さっきは組むために前に出たのだが、今のは違う。

源三の反応をうかがうためだ。

今度は、源三も動かない。

隅田は、さらに前へ出た。

源三の右足があがる。

蹴ってきた。

隅田との距離を保つための、前蹴りだ。

空手では、ありのやり方だ。

キックやムエタイでもありだ。

しかし、ＭＭＡの試合では、絶対にということはないが、やらない方がいい蹴りだ。

掴(つか)んだ。

隅田は、蹴ってきた源三の右足を、両手で捉えていた。

捉えた瞬間——捩(ねじ)った。

ただ、腕力で捩ったのではない。

源三の右足の先を左脇の下に挟み、右腕で踵(かかと)を持ちあげ、腰を回しながら、捩ったのだ。

これは、実は足首ではなく、膝を捩り、膝にダメージを与える技だ。

本来は、寝技でしか出せない技だ。

それを、立ったまま、隅田は仕掛けていったのだ。

おそろしく動きが疾い。

ヒールホールドの投げ。

隅田しかできない技だ。

しかし——

源三は、それを予期していたかのように、左足でマットを蹴り、足首を捩られた方向に、自ら宙で身体を捩った。そのまま左足を大きく旋回させ、隅田の左の顳顬(こめかみ)を左足の踵で打とうとした。

踵は、空を切った。

隅田が、頭を下げて、その攻撃をかわしたのだ。

同時に、隅田は、捉えた源三の足を放している。

右足、左足、の順で、源三の足はマットに着いた。しかし、マットの上に立てず、大きくバランスを崩している。

その上へ、隅田の身体がすかさず被さってゆく。

手練(てだ)れの技だ。

よどみがない。

隅田が上になり、源三が下になる。

源三は、あっさりと、隅田にマウントポジションをとられていた。

上と下で腕の差し合いになる。互いに相手の腕の内側へ手を入れ、首をとろうとする。

「無寸雷神、下からやったんだって?」

隅田が上から声をかけてくる。

「やってみろよ」

隅田が、絶対的に有利なマウントポジションをわざと崩して、外側にあった左足を、源三の両足の間に入れなおしてきた。

隅田の左膝が、源三の右脚の膝下に潜り込んできた。源三の右脚が軽く浮かされた。

「さあ、どうなんだ」

隅田が言う。

「できないだろう」

隅田の、無寸雷神破りだった。

無寸雷神――ワンインチパンチ、中国拳法でいう寸勁だ。

いずれにしろ、打撃技であれば、下から打つにしろ、上から打つにしろ、それが通常のパンチであれ寸勁であれ、支点が必要だ。立っている場合には、それは、足になる。足が地に――あるいはマットについているからこそ、打撃に威力が出るのである。

発勁（はっけい）、寸勁とて、それは同じだ。

背中をマットにつけて、仰向けになった状態からパンチを打つのでさえ、支点は必要になる。その支点となるのは、たとえ、技を出す方が仰向けになっている状態であれ、足になる。

仰向けになり、膝を立て、両足をマットにつけていればこそ、下からパンチを打てるのである。もしも、どちらか一方の足でもマットから離れたら、支点を失い、それがどのようなパンチであれ、まともなパンチは打てなくなる。

今、隅田によって、右足を少し地面から浮かされた状態の源三は、その支点を失ったことになる。

が――

〝できないだろう〟

そう言った隅田の顔面に、下から、源三の右手が伸びてきた。

源三の右掌によって、いきなり、隅田は、その口と鼻を下から塞がれていたのである。

口と鼻の周囲に、瞬間的に、真空が生じたようであった。まさに、ぴったりと掌が吸いついて、鼻でも口でも呼吸ができない状態になっていた。

隅田は、上へ頭を持ちあげて、逃げようとした。

しかし、逃げられない。

何が起こったのか。

源三の左手が下から伸び、隅田の後頭部に回されていて、隅田の頭が上へ逃げようとするのを、止めていたのである。

なんとみごとな。

ただのてのひらが、ペタンと顔に張りついて、こうまで鮮やかに、呼吸を止められるものなのか。

しかし、もちろん、隅田はパニックなどにはおちいらなかった。

冷静に、両手で源三の右手をつかみ、それを横へはずしていたのである。

大きく息を吐き、吸い込む。

しかし、半分も息を吸い込まないうちに、また手が下から伸びてきて、口と鼻を塞がれる。

また、はずす。

それが繰り返される。

はずすためにとった腕の関節を極めにゆく——

そういうことも、隅田はしなかった。

ただ、同じことを隅田は繰り返している。

と——

源三の右手首を左右の手で摑んだまま、隅田が動きを止めていた。

源三の右掌は、ちょうど隅田の口と鼻に吸いついている。

一秒、
二秒、

三秒、
…………
九秒、
十秒たったかと思われたその瞬間、
とん、
と、隅田の上体が、源三の上に被さってきた。
隅田が、落ちた。
隅田は、意識を失っていたのである。

2

夜の新宿の街を、姫川勉と、姫川源三は歩いている。
言葉が少ない。
並んで歩いている。
姫川勉の肩に、また、源三の肩に、街の灯りが映っている。
車の音、通行人の話す声——全部聞こえている。

試合後、隅田の身体の下から這い出てくると、源三は、倒れている隅田に向かって一礼し、

「行くぞ……」

素足のまま、体育館の板を踏んで歩き出していた。

姫川が、さっき預かった、財布やらライターやらハンカチやら靴下やら、源三が持っていた小物を着ているもののポケットに入れたまま、その後を追った。

そして、そのまま体育館を出て、新宿の街を歩き出したのである。

しかし、どちらからもまだ、声をかけられないでいる。

ちょうど、信号が赤になり、足が止まったところで、

「やったな、親父……」

姫川は言った。

「ああ、やらせてもらったよ」

源三が答える。

「不知火(しらぬい)、だろ?」

「ああ、そうだ」

「おれに預ける小物をポケットから出す時、ポケットの中に右手をつっ込んだろう――」

「うん」

「あの時、右手に、ポケットの中で不知火を仕込んだ……」

「その通りだ」

「悪人だね」

「何とでも言え」

源三が言う。

信号が青になり、また、歩き出した。

「親父……」

「なんだ」

「やばい試合の相手、磯村露風(いそむらろふう)っていうんじゃないのかい」

姫川は、その言葉を口にしていた。

「なんだ、聞こえてたのか」

源三は、姫川の口から、磯村露風の名前が出ても、驚かなかった。

さりげなく、話題を別の方向へもってゆこうとした。

しばらく前、源三が隅田に言った言葉、

〝ちょっと、やばい試合〟

が、おまえに——つまり姫川に聴かれていたのか、という方向へ、源三は話を変えたのである。

さっき、一度、その話はしているのに、である。

「そっちの話じゃありませんよ……」

姫川は言った。

「どの話だ」

まだ、源三はとぼけている。

「親父、こんど、磯村露風とやるんでしょう?」

「まあね」

「やばい試合だって……」

「どうだろうね」

「磯村露風は、本当にやばいですよ」

「そうだってね」

源三は、飄々(ひょうひょう)として、歩いている。

その横を、姫川が歩く。

「磯村露風に会ったのかい」

「ええ――」

「まさか、先にやったりなんかしちゃいないんだろう?」

「やりましたよ……」

「まさか」

「ゲームですけどね。缶の落としっこ――」

「何だい、それは――」

「頭の上に缶をのせて……」

姫川は、その時のことを、源三に語った。

「ふうん」

「帰りに、ぼくだけ、磯村露風に呼び止められて……」

その時――

「どんな人?」

と、磯村露風が、姫川源三について訊ねてきたのだ。

どんな人、と問われても、その問の意味がわからなければ、答えようがない。

「あの男について、何が知りたいんですか――」

姫川は、父である姫川源三について、

〝あの男〟

という言い方をした。

すると——

「あ、今ので少しわかっちゃったかも——」

磯村露風が嬉しそうな声をあげたのだ。

「何がです？」

「姫川くん、きみ、姫川源三さんと、あまりうまくいってないんじゃないの」

「何故です？」

「だって、今、お父さんのこと、あの男って言ってたじゃない。これは、親子関係があまりうまくいってないってことなんじゃないのかなあ——」

「そうきますか？」

「あ、ごめん。なんか、失礼なこと言っちゃったみたいだね」

「はい」

微笑して、姫川がうなずく。

「わあ、姫川くんにそうはっきり言われちゃうと、どきどきしてくるねえ」

「御用は？」

「だからさ、姫川くんのお父さんて、薬屋さんだったよねえ」

「ええ」

「姫川くんみたいに、なんか、格闘技やってる人なの?」

「そう言われても――」

「あ、やっぱりやってるね、これは――」

「どうでしょう」

「ね、葵(あおい)流ってあるよね」

「え、ええ」

「ずっと昔、徳川家に、代々護身用に柔術を教えてた流派でさ、この前、試合やってた、葵文吾(ぶんご)くんて、葵流の人だったよね――」

「それで?」

「徳川家に、柔術を教えていたのが葵流なら、天皇家に柔術を教えていたっていうか――ああ、これはちょっと違うかなあ。宮中で、素手で、皇室の人たちを守ってた流派ってのが、どうもあったらしいんだよね。それ、菊流って呼ばれていたみたいで、その人たち、本当のところは、天皇家のお毒見役で、やたらとそっち方面のことに詳しくて、明治維新の時に、その役から離れて、姫川製薬っていうか、ああ、東(あずま)製薬だったかなあ、薬屋さんになったんだよね――」

「そうでしたっけ？」

「やだなあ、姫川くん。とぼけないでよ。きみに、うちに来てもらいたいっていうのは、そういうことも、色々教えて欲しいってことなんだけどねえ……」

「とりあえず、色々な噂がお耳に届いているようですけど、御自由に判断して下さっていいんじゃないでしょうか――」

「でも、姫川くんさあ」

「失礼します」

「あ、姫川くん……」

そう言う磯村露風の声を耳にしながら、姫川勉は、そこを後にしたのだった。

その話を聞いて、

「色々、磯村のところには、噂が届いてるみたいだな」

源三は、歩きながらつぶやいた。

「みたいですね」

「磯村露風と、ゲームをして、どうだったんだ――」

「どうだったって……」

「やったら、勝てそうか」

「さあ、どうでしょう」

「おまえじゃない、おれがやったら、だ」

「負けますね」

「向こうが？」

「あなたがですよ」

姫川は、父親のことを、あなた、と呼んだ。

「そうか、おれが負けるか」

「ええ」

「困ったなあ」

源三は、頭を掻いた。

「菊式を使っても？」

源三が訊いた。

「使うつもりですか……」

「うーん……」

「使うつもりなんですね」

「うーん……」

「磯村露風、自分の流派の看板に、〝ヤマト商店〟て書いてましたよ。その意味がわかりますか？」

「武田惣角……」

「ええ」

「磯村露風は、北海道にいたんだって？」

「そうみたいです」

「函館で、松尾さんと一緒に、組ひとつぶっ潰したんだろう」

「よく知ってますね」

姫川は言った。

以前、松尾象山から、その話を聞かされたことがあった。

「色々、教えてくれる奴がいるのさ」

「誰がです？」

「まあ、誰だっていいさ。それで、おまえ、磯村露風から、おれとの試合のことを聞かされたのか？」

「いいえ」

「誰なんだ」

「宇田川論平(うだがわろんぺい)という人物ですよ」

「おれが、今日、隅田のところへ行くっていうことも、宇田川が言ってたんだってな」

「さっき、言った通りです」

「おせっかい者だな」

「何でまた、磯村露風とやるはめになったんですか——」

「何だ、宇田川は、そのことをまだおまえに言ってなかったのか?」

「ええ、直接訊いた方がいいだろうって——」

「まあ、そうだろうな」

「で、どうして、そんな試合をやることになったんです?」

「それなら、さっき答えたよ」

「さっき?」

「女さ。女のためだよ」

姫川源三は言った。

一章　闇試合

1

暗い道場に、太い漢（おとこ）が立っている。
しんと澄んだ道場の板の上に素足で立ち、静かに、太い呼吸を繰り返している。
何もかもが太い。
存在そのものが、太かった。
唇。
鼻。
首。
肩。
腕。
胸。
腹。
尻。
脚。

手の指も、足の指も、爪までもが太い。
そして、厚みがある。
吐く息から、視線までが太い。
声も太い。
心も太い。
思想も、感情も、溜め息も、呼気も太かった。
その太い呼気を吐き出し、吸う。
胸がさらに膨らむ。
何もかもが、圧倒的だ。
太い指で握るから、拳も太いのはもちろんである。
空手衣（からてぎ）を着ていた。
騎馬立ちになっている。
左右の肘を曲げて、脇に収めている。
ほおお……
太い呼気を静かに吐き出しながら、ゆっくりと右の太い拳を前に出してゆく。
疾くない。

じわじわと、空気の中に水が滲んでゆくような速度だ。
拳が、前に出てゆくにつれて、ゆっくりと内側に回転してゆく。
くん、
と、拳が止まる。
それだけで、
ぱん……
と、空気が鳴る。
大気の中に裂け目が生じたようでもある。
拳で、空気を叩き、空気そのものを割る、切る。
ゆっくりと、右の拳を引きもどしてゆく。
今度は、左拳が前に出てゆく。
その左拳が静止したその瞬間、
ぴしっ、
と、また音がする。
拳の中に残っていた空気が、握り潰されるような音。
いや、本当に、この太い漢は、拳の中の空気を握り潰しているのかもしれない。

松尾象山――

夜の道場で、灯りを消して、ただひとり、正拳突きをやっているのである。

象でさえ、その拳で叩かれれば、倒れてしまうかと思われた。

道場内には、外の音が届いてくる。

夜の街の音だ。

車の音。

クラクション。

ブレーキ音。

そして、たまに聞こえてくる遠くのサイレンの音。

松尾象山は、曲げていた膝を伸ばし、静かに息を吐きながら、動きを止めた。

「来たか……」

松尾象山が言った。

「はい……」

松尾象山の後方から、返事があった。

松尾象山の背後、五メートルほどのところに、人影が立っている。

暗いため、誰であるかはわからない。

「どうも、面倒なことになってきやがってよ……」

振り返らずに、松尾象山がつぶやく。

「闘人市場(とうじんいちば)の件だろう――」

影が言う。

「そうだ」

松尾象山が、うなずく。

まだ、振り向かない。

「多少は、耳にしているか？」

松尾象山が問うと、

「少しは」

松尾象山の、すぐ後ろで声がした。

いつの間にか、黒い影は、二メートルも距離を縮めていた。

「それ以上は近づくな。危ねえことになるからよ……」

「承知してるよ」

「わかってりゃあいい。ところで――」

「何だい？」

「おまえさんに、ひとつ、頼みてえことがあるのさ」

「頼みたいこと？」

「闘人市場に、さぐりを入れてもらいてえのさ――」

ぞろりと、松尾象山は言ったのである。

2

文七(ぶんしち)は、走っている。

朝の七時――

場所は、上野(うえの)の不忍池(しのばずのいけ)だ。

池之端から走りはじめて、二周目だ。

時計と反対回りだ。

水上音楽堂を過ぎて、下町風俗資料館の前にさしかかったところだ。

この後、京成上野駅前を過ぎ、昔の桜木亭のところで左へ折れて、弁天堂の前を通って、鵜の池を右に見ながら走り、ボート池を左に見ながら南へ下って、もとの池之端に出る。

これで、約一三〇〇メートル。

一・三キロのコースだ。

信号のないのがいい。

信号がないことで言えば、皇居を一周するコースもある。一周で約五キロ。しかし、皇居一周コースだと人が多い。それを考えると、この不忍池のコースの方がいい。

今、宿は、一泊素泊まりで五〇〇〇円の上野にあるホテルである。そこに連泊をしている。

この前の試合のファイトマネーで、しばらくはホテルで過ごすことができる。

持ちものと言えば、大きめのスポーツバッグがひとつだ。

中に入っているのは、下着、Tシャツ、稽古衣と帯、そして、スニーカーが一足である。

あとはそんなにたいしたものが入っているわけではない。

部屋は、狭くていい。

ベッドがひとつと、シャワーがあれば充分である。

基本的なストレッチや、自分の体重を使った筋トレは、ベッド横の空いたスペースでできる。

今、身につけているのは、Tシャツに、稽古衣のズボン、そしてスニーカー――あとはみんな部屋に置いて、この格好でホテルを出てきたのだ。

何人か、同じコースを走っている人間はいるが、皆、それっぽいタイツやシャツ、靴を履いている。文七のような姿で走っている者はひとりもいない。

もともとは、寛永寺の境内であった場所だ。

水と緑がそこそこあって、眼は飽きない。

新緑の芽が出はじめて、桜が、そろそろ開花しそうだ。

柳は、もう、緑である。

身体を鍛えるために走っているのはもちろんだが、今、文七は考えをまとめるために走っている。

二日前の晩、あの男が口にしたことが、まだ頭の中に残っているからだ。

夜——

久保涼二(くぼりょうじ)と稽古している時にやってきた男——土方元(ひじかたげん)。

昨年のことを、文七は思い出している。

姫川に負けたのだ——

そう思っていた。

試合こそ成立せず、結果はノーコンテストだった。葵文吾が、試合中に乱入してきて、控室で、葵文吾とやったことが、わかってしまったからだ。

しかし、ノーコンテストとはいえ、自分は、姫川に負けたと思っている。少なくとも、自分はあの時姫川に恐怖したのだ。糞と小便を漏らした。

そして、自分は去ったのだ。

姫川から。

闘いの場から。

そして、久保涼二から。

おれをおいていかないでくれと泣いて訴えた久保涼二を置き去りにした。

いつかの時も、そうだった。

梶原に負けた時も、自分は逃げた。

しかし、あの時は、なんとか強くなろう、這いあがろうとした。そして、長野県で、トラブルに巻き込まれた。そこで、梅川丈次と会い、河野勇からサンボを学んだ。そのおり出会ったのが、土方元であった。

仕込み杖を操る現代の剣客。

土方元と闘った。

奈良では、竹宮流の泉宗一郎とも。

そして、再び、文七は梶原の前に立つことができたのである。

今度の時も、同じだった。

紀伊半島は和歌山県の紀ノ浦町で、土方元と出会ったのだ。

土方は、大阪から、天人会会長岩田恵太郎の依頼で、女を捜して紀ノ浦町までやってきていたのだ。

女の名前は、美沙子といった。岩田恵太郎の運転手だった久保田という男が、岩田の女である美沙子と逃げて、紀ノ浦町で暮らしていたのだ。

土方元は、美沙子と久保田を捜していたのである。

美沙子は、その時、〃姫屋〃というおでん屋で働いていた。

そのおでん屋の主が、姫川源三という男だった。

姫川勉の父親で、東製薬の跡を継ぐかもしれないと言われていたのが、姫川源三である。

今は故人だが、東製薬をたちあげた、東紀一郎という人物がいる。

その息子が、東治三郎という老人だ。

その息子が、東陣一郎。

東陣一郎は、しかし、身体が弱く、車椅子生活をしている。名ばかりで東製薬の社長をやっているのだが、会社の実権は、会長である東治三郎が握っている。

東治三郎には、正妻の竜子の他に、女がいた。

この正妻でない女に、治三郎が生ませたのが、文子（ふみこ）という女だった。

正妻、竜子が病死した後、治三郎は、文子を正式に自分の娘とした。

この文子の婿養子が、姫川源三であった。

源三と文子の間に生まれたのが、姫川勉である。

ところが、いったんは東源三となった源三であったが、勉の生まれたあと、勉と共に東家を出て、再び姓を姫川にもどしている。

姫川源三は、この時、あるものを持って、東家を出たらしい。そのあるものというのが、須久根（スクネ）流の秘伝書だと言われている。

そういうことを教えてくれたのは、自らをライターだと名のる宇田川論平という人物であった。

須久根流の奥伝（おくでん）が、その秘伝書に書かれているのではないかと言われているのだが、それは、どうやら、〝毒〟についての指南書ではないかと、宇田川論平は考えているらしい。

この奥伝が、関係者の間では〝菊式〟と呼ばれているものであった。

土方は、久保田の居所をつきとめ、制裁のため、手首を切り落としたのだが、美沙子の方は、行方をくらませていた。

美沙子と〝姫屋〟の姫川源三はできていて、ふたり一緒に、紀ノ浦町から姿を消してしまっていたのである。

そして、土方元と文七は、東製薬のドンである、東治三郎と大阪で会った。

ここで、土方は、東治三郎から、〝菊式〟を仕掛けられている。切ったはずの湯呑み茶碗を、切ることができなかったのだ。

似たようなことを、土方は、姫川源三からも仕掛けられている。切ったと思った耳を切ることができずに、土方は源三にやられている。

秘伝書には、
啖水（タンスイ）、
離桜（リオウ）、
という、毒の技について、記されているらしい。

他にもあるが、技の名が知られているのはそのふたつだ。

姫川源三、東治三郎は、このどれかを土方に仕掛けたのか。

そこで、文七の脳裏に浮かんだ疑念は、姫川勉が、自分との対戦の時に、この〝菊式〟を仕掛けてきたのではないか、というものであった。

その可能性を教えてくれたのは、宇田川論平であった。

その疑念を晴らしたくて、東京にもどってきた文七であったが、結局、その疑念は、消えた。

カイザー武藤とやる時に、姫川がセコンドについたのだ。

松尾象山が、セコンドにつけと姫川に命じたのだという。

カイザー武藤に勝利した時、その疑念は、あらかた晴れていた。

何か、証拠があって、疑いが晴れたわけではない。

姫川は、そういうことをやる男ではない——それが、純粋に、信じられたのである。

もう、どうでもよいことのように思えた。

久保涼二とも、関係が復活した。

そういう時に、二日前の晩——過去の亡霊のように、土方元が姿を現わしたのである。

そして、今、文七は、土方元の言った言葉について考えるため、走っているのである。

二日前の晩——

「話がある——」

土方元は言った。

その話を聞くため、文七は涼二を帰し、土方とふたりで、近くの居酒屋に入ったのだった。

3

その居酒屋は、近ごろブラック企業などと呼ばれているチェーン店だった。

地下一階。

奥の隅、小さなテーブルに、向かい合わせで座った。

適度に混んでいて、適当にざわめいている。

値段は、安い。

生ビールをふたつ。

刺身の盛り合わせと、焼鳥、それから冷しトマトを頼んだ。

土方元——

死んだ魚の眼のように、その眼からは表情が読みとれない。

乱れた髪が、額にかかり、その髪の向こうから、その眼が文七を見つめている。

くたびれたシャツの第二ボタンまではずされていた。首に掛けた金の鎖がそこに覗いている。

シャツの上に、やはりくたびれた上着を引っ掛けている。

血の気のない、青い顔の皮膚。その皮膚一枚下に、狂気が潜んでいる。

今、ビールの入ったジョッキを当てあって、ささやかな乾杯をしたばかりだった。

その時、右手でジョッキを持ったところを見ると、もう、姫川源三に折られた右腕は、かなり回復しているようであった。

ビールをふた口飲んで、ジョッキをテーブルの上に置き、

「見たぜ……」

と、土方元は言った。

「おまえと、カイザー武藤の試合だよ。テレビで見た」

てっきり、姫川源三の話かと思っていたのだが、土方元は、先日の試合の話から始めた。

「こういう稼業なんでね。何度か、武藤とはテレビや会場以外で、顔を合わせたことがある——」

剣客商売をしている土方の雇い主は、プロレスの興行などを仕切る連中であることも多い。

それが、酒の席であったのか、どういう席であったのかはわからないが、土方が、カイザー武藤と会ったというのは、本当のことであろう。

「かなりやばい奴だぜ、武藤は。おまえさんの実力は知っていたが、おれは、てっきり武

藤が勝つもんだと思っていたよ。あの武藤に勝ったんだ。おまえさんもたいしたもんだな……」

「用件はそれかい？」

文七は訊ねた。

「違うさ。もちろん――」

「じゃあ、何だ」

土方は、姫川源三と、美沙子の行方を捜していたはずであった。

それが、どうなったのか。

「闘人市場って、聞いたことあるかい？」

「ないね。何なんだい、その闘人市場ってのは――」

「ま、闇試合の会場ってところかね」

「闇試合？」

「おまえさんたちがやってるような試合じゃないよ。アンダーグラウンドでやってる試合さ……」

「アンダーグラウンド？」

「ああ……」

土方は、うなずき、テーブルの上に置いてあったジョッキを持ちあげ、また、ひと口飲んだ。

ビールのような飲み方ではない。

松尾象山は、それが日本酒でも、ウィスキーでも、ビールのように飲む。しかし、土方元は、ビールをウィスキーのように、日本酒のように、ちびちびと飲む。

「年に一度、場合によっては、二度くらいあるかな。賭け試合だよ」

「賭け？」

「試合の勝ち負けに、客が金を賭けるんだ。競輪や競馬みたいにね。金といったって、簡単に、現金を賭けたりするわけじゃない。警察がうるさいしね。まあ、その仕組みはおいとこう。おれも、詳しいことがわかってるわけじゃないからね――」

「それが、何なんだ」

「それがね、時々、極道連中のトラブル解決のための手段になったりするんだ。ドンパチやるよりは、マシだしな……」

土方は、ジョッキを置き、魚の眼で、文七を見た。

「それが、何だっていうんだい」

文七が、土方に問う。

「おれが、関西の天人会ってところで客分になってるのは知ってるだろう?」

「ああ、知ってるよ」

「その天人会がさ、東――つまり東京の双葉組とトラブルを起こしてさ――」

「どんなトラブルなんだい」

「細かいことは知らんがね、女がからんでる――」

「女?」

「うちの会長の岩田恵太郎だが、これが女癖が悪い」

「女癖のいい極道がいるのかい」

「そりゃあ、そうだ」

土方はうなずき、

「丹波、おまえさんでも冗談言うんだな――」

少しだけ笑った。

「まあいい。それで、美沙子の奴も逃げ出したんだよ」

「それで?」

「まあ、女のことで、岩田が双葉組の黒坂光生とトラブった。理由はどうでもいいんだが、両方とも、挙げた拳が下ろせなくなっちまったってわけだ。ドンパチやるには、理由がみっともないし、ふたりはもともと知り合いだ。たまに、一緒に飲むこともある。で、闘人市場だ――」

「ふうん」

「闘人市場で、お互いに闘人を出して闘わせ、負けた方が頭を下げる。そういうことで落ちついた――」

これならば、なんとか、互いの面子(メンツ)も立つ。

自分が頭を下げるのは、自分が相手に屈したからではなく、たまたま自分が出した選手――闘人が負けたからだ、そう考えればいい。

多少の話題性もある。

「それに、賭け勝負だから、どっちが勝っても負けても、闘人を出しているところには、主催者側、つまり胴元からあがりの一部が入ってくる。負けたからといって、金を出さなくていい勝負だし、何も、自分のところの選手に金を賭ける必要もない。自分の闘人が弱そうだと思えば、相手の闘人に金を賭けたっていいわけだからな――」

「本人どうしでやればいい」

「おれもそう思う」

「――まさか、おれに、その闘人市場で闘えって話じゃないだろうな」

「少し違うね」

「少し？」

「これを言い出したのは、うちの岩田恵太郎だよ。その意味がわかるか？」

「わからないね」

「闘人にするのに、ちょうどいい男を押さえていたからだよ」

「ちょうどいい男？」

「誰だかわかるかい」

「知らん」

「姫川源三だよ」

「姫川源三⁉」

「あの、奇妙なとぼけた親父だよ」

「いったい、どうして――」

「女の身柄を押さえたのさ。美沙子をね。ヤサをつきとめて、あのとぼけた野郎がいないうちに、まず、女を捕らえたってわけだ――」

「へえ」

「そうしたら、あの親父、自分からおれたちに連絡をとってきたってわけだ。なかなかたいしたタマだよ、あいつは。女に危害を加えないんなら、出頭するって言うんだな――」

「それで――」

「それが、ちょうど、うちの岩田が双葉組の黒坂とトラブっていた時でね。そんなわけで、岩田が、黒坂に闘人市場での勝負を持ちかけたっていうことなんだな――」

岩田恵太郎も、姫川源三の実力については耳にしていた。

しかも、北辰館の姫川勉の父親だということもわかっている。

「こいつはちょうどいいと思って、黒坂に提案したってわけだ」

「黒坂は？」

「それが、あっさりこれを受けたんだよ。うちにもちょうどいいのがいるからってな」

「ちょうどいいのって？」

「おまえも知ってるはずだ。磯村露風って、こいつも得体の知れねえ化け物みたいな親父だよ……」

文七の眸が光った。

磯村露風、しばらく前、その道場に顔を出したばかりだ。

そのもう少し前には、松尾象山と一緒に飲んでいる。

その時に、北海道での話を聞いたのだ。

会ったきっかけは、夜の街でその筋の男たちと揉めかけた時だ。松尾象山が、山本というその筋の男をぶちのめしかけた時、磯村露風があらわれて、止めたのだ。

磯村露風は、山本の所属するその筋のところでアルバイトをしていると言っていたが、そのバイト先が、土方の話では双葉組であったということになる。

「磯村露風なら、この頃、多少はおれたちの間では名前が知られている。おまえさんの出場したイベントで、弟子の関根音を出しているやばい親父だ。今度のことで、色々調べたら、松尾象山と一緒に、北海道で組ひとつを潰している——」

「結構詳しいんだな」

「まあね」

土方はうなずき、

「それで、うちの親父、岩田が姫川源三に持ちかけたんだよ。闘人市場で試合に出るんなら、こんどのことは忘れてやろうってな——」

そう言った。

もともと、美沙子を岩田のところから連れ出したのは、姫川源三ではない。連れ出したのは、久保田という男だ。その久保田への制裁は、すでに済んでいる。

姫川は、岩田の女であったという過去を知らずに美沙子とつきあった。そこまでは、姫川の責任ではない。問題は、知ってからも、美沙子を連れて逃げたということだが、岩田はそれに眼をつむると言っているのである。それは、つまり、女を自由にするということだ。

「それを、姫川が受けたってことか」

「そういうことだ」

「磯村露風の方は？」

「もちろん、受けたさ」

「もちろん？」

どうして受けたのか。

磯村露風は、すでに、公け（おおや）の大会に自分のところ——ヤマト商店の選手を出している。その筋の者が仕切る、そういう危ない試合に出場する意味がない。

もしも、そういうことが露見したら、多くを失いかねない。それよりも何よりも、そういうアンダーグラウンドの試合である以上、通常の試合よりも、ずっとハードなルールのもとでやることになるのではないか。

「やつは今、金が必要なんだ。だけど、それだけじゃない」

「なんなんだ」

「言ったろう、磯村はやばい親父だって――」

「ああ」

文七はうなずく。

「やつは、とぼけた顔してるくせに、好きなんだよ。やばいことがね……」

「――」

「丹波、おまえさんだって、同じ人種じゃないのかい」

言われて、文七は言葉を返せなかった。

うなずいてしまいそうだったからだ。

指摘されるまでもない。

自分もそうだ。

話の途中から、血が騒ぎ出していたのだ。

血がふつふつと滾(たぎ)りはじめていたのだ。

そうか。

そういう試合があるのか。

どういう試合なのか。

生き死ににまで関わる試合なのか。

土方の話を耳にしながら、心のどこかで、磯村露風と姫川源三を、羨ましいと思ったのではないか。

ぞくり、
と、文七の背の体毛が立ちあがる。

間違いなく、自分にもそういう血が流れている。間違いなく、今、自分はふたりのことを羨ましいと思ったのだ。

「おい、丹波、おまえさん笑ってるぜ」

まさか。

今、おれが笑っていたっていうのか。

本当に⁉

「図星だったようだな」

土方は言った。

文七は、話題をそらすように、

「だから何だっていうんだい。おれへの用件は、まさか、そんなことを言うためじゃないんだろう」

「もちろん」

「何なんだ」

「おまえさん、ふたりの試合を見たくはないかい」

見たい。

もちろんだ。

「それも、一番近くでだ」

土方は言った。

4

文七は、まだ走っていた。

四周で終るつもりが、もう、五周目に入っている。

背に、汗の染みたTシャツが張りついている。

走りながら、頭の中に、何度も土方元の口にした言葉が蘇ってくる。

——それも、一番近くでだ。

と、土方は言った。

「どういうことだ」

文七は、その時、問うている。

「レフェリーだよ」

土方は、ジョッキの中に残っていたビールを乾した。

「レフェリー?」

「親父ふたりの試合を捌く人間がいないんだよ——」

「いつもは、どうしてるんだ」

「いつもは、素人に毛の生えたようなやつがやる。こういう試合の時は、どちらの組にも関係ない、別の組の誰かがやる。たいてい、どの組にも、多少は齧ってるやつがいるからね。もっとも、たいして禁止事項なんてないから、レフェリーといったって、ただ見てるだけで、どっちかが動かなくなったら、おしまいだ。立ってる方を勝ちにする。それだけの仕事さ。試合をする方だって、おまえさんたちのような、達人がそういつも出るわけじゃないしね——」

「殺し合いをさせるのか?」

「そうじゃない。しかし、死人が出ることは、もちろんある。相手が動かなくなっても、おもしろがってレフェリーが止めなきゃ、そのまま続くし、最終的に、止める権利があるのは、勝ってる方だからね。相手がギブアップしても、それが作戦で、やられたふりしていきなり眼に指を突っ込んでくるかもしれないしね」

「――」

「正直に言っておけば、負けた奴が、スポンサーに殺されるってこともたまにあるけどね」

「――」

「まあ、こんどの闘人市場は、見ているだけの素人には捌けない。かなりやっている奴じゃないとね」

土方が、まだ手に持っていたジョッキを置いた。

「おれが、おまえさんを推薦したんだよ、丹波――」

「あんたが?」

「なんだか、おもしろそうだからね」

他人事のように、土方が言う。

「返事は、今でなくたっていい。しばらく待つよ。その気になったら、ここへ連絡をくれればいい」

土方は、自分の携帯の番号を、文七に教えて、立ちあがった。

「ギャラは、かなりいい……」

ぽつりとつぶやいた。

「あっちはあっちで、誰か手頃なレフェリーを推薦してくると思う。まあ、丹波文七以上に似合いのレフェリーもいないだろうから、あんたさえうんと言えば、たぶん、まとまる話だろうと思ってる──」

そう言って、土方は伝票を摑み、

「じゃあな」

文七に背を向けていたのである。

どうする──

と、文七は、走りながら考えている。

レフェリーを、やるのかやらないのか。

レフェリーなど、やりたくない。

ただ、試合は見てみたい。

それに、もしかしたら、自分がレフェリーをやることで、どちらかの死を防ぐこともできるかもしれない。

それとも──

もしも自分がレフェリーを引き受けたら、岩田は、姫川源三が勝ちやすいようなレフェリングをしろと、要求してくるつもりか。

いいや。

場合によっては、双葉組の磯村露風の方に味方をしろと言ってくるかもしれない。それは、岩田が、どちらに金を賭けるかということで、かわってくるのかもしれない。

いずれにしても——

文七は、迷っていた。

迷いながら、走っていた。

二章　辰巳の龍

1

ひとりの漢(おとこ)が、黙々と肉体を苛めている。

プラチナ・ジム——

代官山(だいかんやま)にある会員制のトレーニングジムだ。

漢が肉を動かしているのは、VIPルームである。プライベートルームだ。ジム内にある全てのトレーニング機器が、一通りこのひと部屋にそろっている。

いずれも最新のマシンだ。

しかし、漢は、その最新のマシンにはほとんど手も触れなかった。

サポートする人間も、誰もいない。

ただ独りだ。

その広いVIPルームを、ただ独りでこの男が使っているのである。

ここの機器で、唯一、漢が使ったのは、ベンチプレスのバーベルくらいである。

自分でセットして、二五〇キロを、五度あげた。

身長一九〇センチを超えている肉体。

体重、一二〇キログラム。

その肉体をもってしても、信じられないくらいの重さだ。

漢は、ジャージを着た状態でこの部屋に入ってきて、まず、入念なストレッチをした。

首、肩、腕、肩甲骨、肘、手首、指、背骨、腰、股関節、脚、膝、足首……全ての部位を、たんねんに伸ばし、曲げ、負荷をかけ、捻(ねじ)った。

一時間以上をストレッチにかけた。

その後、おもむろに、ベンチプレスをやったのである。

そして、漢は、ジャージの上を脱いで、上半身裸になった。

惚れぼれするような肉体であった。

もりもりと、瘤のように、筋肉が盛りあがっている肉体ではない。しなやかで、柔らかそうで、よく動きそうな筋肉。

漢は、マットの上で、筋力トレーニングに入った。

器具を使わない、自分の体重を利用したトレーニングだ。

プッシュアップ、スクワット、腹筋……全ての筋肉に、負荷をかけてゆく。

途中で、漢は、薄く汗をかきはじめた。

しかし、呼吸は微塵も乱れてはいない。

四〇代の半ばを過ぎているはずだが、とてもそのようには見えない。

漢が、マットの上に立ちあがった。

漢が、後方に倒れた――一瞬、そう見えた。

しかし、倒れたのではない。

後方に身を反らせたのだ。

額で、漢はマットに触れた。

美しいブリッジだった。

マットに着いているのは、爪先と額だけだ。

美しい、人の肉体のアーチである。

爪先が、マットを蹴る。

足が、宙で半回転して、漢の首を支点にして反対側のマットに着地する。

前に〝く〟の字で倒れ、額をマットにあてるかたちだ。額と爪先だけで体重を支えているということでは同じだ。

足が、またマットを蹴る。

漢の首を支点にして、またその足が半回転する。

もとの、ブリッジの姿勢にもどる。

次から、あらゆる方向に、足が跳ねて、首を中心にしてあらゆる場所に足が着く。
柔軟で、しかも強い頸の筋肉なしにはやれないトレーニングである。
漢が、立ちあがる。
それでも、微かに息が速くなったくらいだ。
そこで——
ドアにノックの音がした。
漢は、ドアの方に眼をやった。
「川辺です」
ドアの向こうから、男の声が聴こえた。
「社長、入りますよ」
入れ、
という声を待たずに、ドアが開いた。
Tシャツを着た、いかつい身体の男が入ってきた。
男、川辺は、ドアを後ろ手に閉め、歩いてくると、漢——巽真の前で足を止めた。
「どうした、川辺?」
巽は訊いた。

「お知らせしたいことがありまして——」

「そう言えば、あの漢のところへ、見舞に行ってたんだったな」

巽が、思い出したように言った。

「堤城平のところです」

「どうだったんだ?」

「昨日、退院しました」

「死ななかったのか」

「ええ、タフなやつで——」

「ふうん……」

と言った巽の言葉の中に、ほっとしたような、ちょっと残念であったような、不思議な響きがあった。

「また、復帰できそうだと——」

「もう少し壊しておけばよかったな……」

「社長——」

と、川辺が巽の言葉を遮った。

「なんだ」

「堤のことは、いずれ言うつもりでしたが、今日、ここまで足を運んだのは、堤のことを報告するためではありません——」

「では、何だ」

「道田先生のやっている、闘人市場の件です——」

「闘人市場？　まだやってたのか——」

「ええ——」

「それがどうしたんだ」

「また、試合をやるみたいです」

「それはかまわんが、どうしておれのところへ、それを？」

「対戦する選手のことです」

「誰が出るんだ」

「磯村露風と、姫川源三です」

「磯村といやあ、しばらく前、うちの昔の道場を世話してやったんじゃないのか？」

「そうです」

「姫川源三ってのは——」

「北辰館の、姫川勉の父親です」

「なに⁉」

ようやく、巽の声のトーンが変化した。

「どうしてそんなことになったんだ」

「それが……」

「早く言え」

「どうやら、きっかけは女だったようで——」

川辺は言った。

2

昼——
ヤマト商店の道場で、磯村露風が、稽古のようなことをしている。
いのようなこと——というのは、あまりにもそれが、奇妙であったからだ。
リングの中央に、木刀が一本、立っているのである。
細い方——つまり切先(きっさき)がマットに触れている。
それだけだ。

支えるものが、何もない。

どこにもない。

それなのに、木刀が立っているのである。

絶妙のバランスだ。

その前に、磯村露風が立っている。

ジーンズの上に、Tシャツを着ている。

稽古衣を着ているわけでもなく、動きやすいズボンを穿いているわけでもない。ごく普通のジーンズだ。動くのには不向きなズボンである。

蹴る時、足があがりにくいし、他の動きをする時にも、布地によってその動きがさまたげられる。

ただ、素足ではあった。

その左の素足で、とん、とマットを軽く踏む。

それだけで、立っている木刀のバランスが崩れる。

木刀が倒れてゆく。

右の方だ。

磯村露風が、右へ動く。

右足で、倒れてマットに触れそうになった木刀の柄を、ちょん、と蹴りあげる。
蹴られた木刀の柄が、持ちあがってゆく。
支点である切先はマットの上に触れたままだ。
そして、立ったところで、静止する。
切先は、ほとんど動いていない。
ずっと、切先は、マットの上に残ったままである。
また、足でマットを踏む。
すると、木刀が倒れてゆく。
マットに木刀の柄が触れる寸前で、それを、磯村露風が蹴りあげる。
柄が浮いて、また、木刀が立つ。
静止する。
磯村露風が、また、マットを踏む。
木刀が倒れる。
それを蹴る。
そういうことを、しばらく前から、磯村露風は、ずっと続けているのである。
「凄いね……」

という声がした。

その声の方へ、磯村露風が顔を向ける。

リングの下に、関根音の巨体が立っていた。

「蹴って倒すんじゃなくて、立たせる。そんなのできる奴なんて、磯村さんくらいだもんなあ──」

関根音が笑っている。

磯村露風が、蹴るのをやめたため、ぱたんと、木刀がマットの上に横倒しになった。

「そ、おれひとり──」

磯村露風は言った。

「京野の奴だったらできる?」

「まだ、やらせたことはないんだけどね」

「やられちゃったら、やっぱ、くやしい?」

「そりゃあ、くやしいさ。嬉しさ半分、くやしさ半分……」

「だよね」

「でも、関根君、今日は早いんじゃないの。みんなが来るまで、まだ時間があるんじゃないの──」

昼の、十二時半。

ヤマト商店で、稽古が始まるのは、十四時――午後二時からである。

一時間半前に、関根は来たことになる。

「ちょっと、磯村さんに、訊きたいことがあって――」

「なによ」

「妙な噂を聴いちゃったんだよね」

「どんな噂？」

「ほら、おれって、ずっとプロレスやってたじゃん」

「うん」

「プロレスって、後ろに、こわいひとたちがよくついてるって、知ってるでしょ――」

「うん」

「で、社長の武藤さんと、時々、こわいひとたちの宴会なんかに呼ばれてさ、ごちそうになったことなんて、何度かあるわけ――」

「それで？」

「昨日の夜さあ、六本木で飲んでたらさあ、たまたま、そのこわいひとたちのひとりに会っちゃって――」

「それが、どうしたの?」

「闘人市場の話を、その人がしてくれたのよ。磯村さん、知ってるでしょ、闘人市場。おれだって、耳にしたことくらい、あるんだからさあ——」

「知ってるかも」

「で、その闘人市場なんだけどさあ、磯村さん、こんど、出るんだって?」

「あちゃあ」

磯村露風は、額に右手をあてた。

「そんなこと、口にするやついるんだねえ。黙ってたのに——」

「やっぱり、出るんだ」

「うん」

「その相手なんだけどさあ、あの姫川の親父なんだって?」

「そんなことまで知ってるの?」

「見たいなあ、おれ」

「何を?」

「磯村さんが、本気出すとこ——」

「見られたくないね」

「だって、磯村さん、おれたちとやる時、手を抜いてるよね」

「まあね」

「おれだって、磯村さんとやる時は、手を抜いてるけどね」

「お互い試合じゃないからね。あたりまえだろ」

「うん」

関根がうなずく。

「でも、見たいんだよね。磯村さんが、相手を壊すとこ」

「うーん」

「その時、磯村さん、どんな顔するのかなあって――」

「この顔だよ」

「違うよ」

「何が」

「うちの社長だったカイザーさんよりも、実は、磯村さん、ずっと好きそうだからなあ」

「何が？」

「相手を壊すの」

「どうかなあ」

「やだなあ、とぼけないでよ。もう、わかっちゃってるんだからさあ」

「うーん」

「無理やり、やらされるんじゃないんでしょう」

「うーん」

「ほんとは、好きだから、やるんでしょ」

「そうかなあ」

「他のみんなには、黙ってるからさ。磯村さん、その試合、おれに見せてくんないかなあ
――」

関根音は、おだやかな陽差しが入り込んでくる道場のリング下に立って、リング上にいる磯村露風に向かって、そう言ったのであった。

3

広大な庭であった。

公園のように広い。

敷地、およそ二千坪。

そこに、明治のものと思われる洋館が建っている。

むこうに東京タワーが見え、六本木の高層ビルも見えている。

松が植えられているのか、自生しているのか。

楓や、欅などが生えた林のような一角もあり、芝生があり、池があり、なんと畑までがそこにあった。

六本木の高層ビルの見える大きさや角度からすると、青山あたりかと思えた。都内でも一等地である。

公園や、何かの施設などに付随した公の土地ではない。

私有地である。

都内の私有地で、屋敷林などを持つ広大な土地は、なかなか残らない。莫大な相続税を払うために、分割されて売られてしまうからだ。なかなか、土地ひとつをまとめて買うようなところはない。

まとめて買われたにしても、それは企業が買うのであって、その土地が同じ状態で存続するわけではない。

巨大な高層マンションか、オフィスビルが建てられて、土の地面はこの地上から消滅してしまうのだ。

洋館の前に、桜の木がある。
満開の桜だ。
今年の桜は早い。
三月中に満開となり、すでに散りはじめている。
花びらが、わずかな風で枝から離れ、宙を舞っているのである。
暖かい日が続いたためだ。
その桜の花の下に、車椅子がひとつ。
ひとりの男が、その車椅子に座している。
年齢は、五〇歳くらいか。
スキンヘッドで、和服を着ていた。
小さい、きろりとした眼をしていた。
眉は薄い。
その後ろに、黒い背広（スーツ）を着た男が立っている。
そのふたりの正面で、別のふたりの男が向きあっていた。
全裸である。
何も身につけてはいない。

陰毛も、股間にぶら下がった陰茎もむき出しだ。

その全裸の男ふたりは、芝生の上で、闘っているのである。

しかし、それは、奇妙な闘いだった。

交互に殴りあっているのである。

ふたりとも、拳に、革を巻いている。

ボクシンググローブの下――拳に直接布を巻きつけるバンデージのようだ。だが、それは、布ではなく革である。

古代オリンピックのボクシング競技で使われたヒマンテスと呼ばれるものである。

ヒマンテスを巻いた拳というのは、素手より危険であった。

革を巻くことにより、拳が保護されるため、おもいきり打つことができるようになるからだ。素手の拳で相手の頭部を打てば、拳の骨が、頭蓋骨に直接当たることになる。鍛えていない拳で頭を打てば、拳の方にも大きなダメージが残るのである。

拳に革を巻けば、拳はより強く、固くなる。

現代的なグローブだと、相手の顔面に当てた時、拳を守るかわりに、相手の顔も守ってしまう。素手や、ヒマンテスで殴った時は頬骨が折れたり、鼻骨が折れたりするが、グローブを着けていると、そういう危険が半減するのである。

グローブを着けることによって危険が増すのは、脳へのダメージだけである。グローブを嵌めると拳が重くなり、重くなった分、頭部に当った時、脳が大きく揺れるのである。ノックアウト率は、グローブを嵌めている時の方が大きくなるが、こと、顔面へのダメージということになれば、ヒマンテスを巻いている拳の方が、ずっと危険なものなのだ。

その、ヒマンテスを巻いた拳で、裸体の男が、交互に相手の顔を殴っているのである。

殴られる方は、口を閉じ、歯を喰い縛る。しかし、ぶつかってくる拳をよけない。

殴られるままだ。

一方が、一方を打つ。

相手が、それを受ける。

次には、殴られた方が、殴る。

いずれも、殴る時は、テレフォンパンチである。拳を引き、腰をひねり、おもいきり打つ。

相手が避けないとわかっているから、そういう殴り方ができるのだ。

そして、顎をねらう。

顎の先を横から打てば、頸椎を支点にして、打たれた方の頭部が回転する。

頭蓋骨の内側に、脳が激しくぶつかることになる。

ノックアウト率が高くなる。

だから、打たれる方は、頸の筋肉に力を入れ、顎を引き、打たれても頭部ができるだけ動かないようにする。

そうすると、頭部が動かない分、顔の肉や骨へのダメージが増すことになる。

ふたりは、何度も交互に殴りあっている。

どちらが先であったかはわからない。

しかし、ふたりの顔は、すでにまともな人の顔の体をなしていなかった。

一方が、倒れた。

しかし、気絶はしていない。

ゆっくりと起きあがって、相手を睨む。

相手が、拳を下ろして立つ。

その頬へ、拳が打ち込まれる。

倒れる。

起きあがる。

起きあがった方が打つ。

また、倒れる。

「クリマコス、案外におもしろい……」

スキンヘッドの漢がつぶやいた。

クリマコス――というのは、古代オリンピックのボクシング用語である。

古代オリンピックでは、格闘競技は、三種目が知られている。

ひとつは、レスリング。

ひとつは、ボクシング。

もうひとつがパンクラチオンである。

いずれも全裸で試合が行なわれる。

レスリングとボクシングを合わせた競技がパンクラチオンで、これは現代で言うMMA(ミックスドマーシャルアーツ)である。

MMA、すなわち総合格闘技のことだ。

その三種目中、クリマコスは、ボクシングで使用される言葉である。

互いに両手にヒマンテスを巻いた拳で、古代オリンピックのボクシングは闘われた。

リングはない。

時間制限も、体重制限もない。

対戦相手は籤(くじ)で決められる。

倒れて起きあがれなくなったら負けである。

あとは、右手を拳に握り、そこから中指一本を立てる。

これは、敗北を認める時のサインである。競技中に、選手がこのサインを出したらその選手の負けが決まる。

しかし、いくら闘っても、勝敗が決しない時がある。この時、選手は、相手にクリマコスを要求することができる。

相手がそれを受ければ、試合はクリマコスに突入することになる。

クリマコスとは何か。

それは、交互に、相手の頭を殴りあう試合のことだ。殴られる方の選手は、その時、相手の拳をかわさずに受けなければならない。ガードもできないし、よけることもできないのである。

どちらが先に相手を殴るか、これも、籤によって決められる。

だから、必ずしも、クリマコスを要求した方が有利なわけではないのである。

今、車椅子に座した漢の眼の前で行なわれているのが、そのクリマコスということになる。

ふたりの顔は、すでに肉がふくれあがり、その肉が裂け、血がこぼれ、裂けた肉の底に骨まで見えている。目はほとんど塞がっている。こうなる前、ふたりがどんな人相をしていたのか、それを知る手がかりは、もはやその顔にはない。

顔だけではなく、頸、肩、背、胸も血で濡れて、そこに桜の花びらが張りついている。

一方が、顳顬（こめかみ）を打たれて、倒れた。

倒れて、動かない。

それで、ようやく勝敗が決したのである。

「うむ……」

車椅子の漢がうなずいた。

と、この様子を見ていたのか、母屋——洋館の方から、何人かの人間が走り出てきた。

そして、それまでクリマコスを闘っていたふたりの男の身体を、担ぐようにしてそこから運び出してゆく。

勝った方の人間も、立ってはいるが、もう、とても自力で歩けるような状態でないのは見てとれる。

血で濡れた襤褸（ぼろ）雑巾のようになったふたつの肉体が、そこから運び出されてゆくのを見ながら、

「水島（みずしま）よ……」

と、車椅子の漢が言った。

「はい、道田さま」

背後に立っていた、眼の細い男が言った。

「競技の途中からではなく、始めからこのクリマコスをやらせるというのは、どうであろうかな？」

車椅子の漢――道田薫は言った。

「おもしろいと思いますが、先に殴った方が有利になるのは否めませんね。籤で勝敗が決まってしまうのは……」

「避けた方がよいか？」

「どうしてもということであれば、体重の少ない方から先に打つのがよいのではないでしょうか」

「考えておこう……」

道田がそう言った時、

「道田さま」

横手から、声をかけてきた者がいた。

スーツ姿の男が、そこに立っていた。

そのスーツの男の横に、もうひとり、男が立っていた。

少し、くたびれたコートを着た男であった。

「土方様が、お見えになりました」

そのスーツの男が言った。

スーツ姿の男の横に立っていたコートの男は、頭を軽く下げた。

「おう、土方くんか――」

車椅子の漢は言った。

「あいかわらず、妙なことをやってますね……」

土方元は、そう言って、車椅子の前まで歩いてきて、そこで足を止めた。

「色々試したくてな」

「あれじゃあ、勝った方だって、永久に、使いもんになりませんよ。我慢強い人間ほど、ダメージが大きくなる……」

「まあ、いいじゃないか。それより、土方くんの方は、どうだったんだね」

道田は、好奇心に満ちた眼で、土方を見た。

「今朝がた、連絡がありましたよ」

土方が答える。

「丹波くんから？」

「ええ」

「返事は？」

「やるそうです――」

「それはよかった。感謝するよ。それから、こちらにも、連絡はあったよ――」

「丹波から？」

「いいや、巽真からさ」

「どういう電話です？」

「どこから聴きつけたのか、例の試合のことを知っていてね。ぜひ見させてくれと言ってきた」

「返事はしたんですか」

「したよ」

「なんとしたのです？」

「もちろん、歓迎すると伝えたよ。いつでもどうぞとね」

「そうですか、巽真が……」

「おもしろくなるぞ。次の試合は……」

道田薫の声は、少しはずんでいた。

三章　黒い漢

1

上野公園——

噴水の見えるベンチに、丹波文七は腰を下ろしている。

ジーンズに、Tシャツ。

その上に、革ジャンパーを着ている。

頭上でうねっているのは、桜の梢だ。

もう、ほとんど花びらは散って、残っている花は数えられるほどだ。それでも、風が吹く度に、花びらは、まだこれほど残っていたのかと思えるほど散ってゆく。

文七の横に座っているのは、くたびれたコートを着た男——宇田川論平である。

今朝、宇田川から連絡が入った。

「聴いたよ」

と、宇田川は言った。

「今度、闘人市場で、レフェリーをやるそうですね?」

予期していた電話であった。

土方元から、この話が来た。

闘うのは、磯村露風と姫川源三だ。

土方と姫川源三――このふたりの名前が出た以上、どこかで宇田川も関わっているであろうと、文七は思っていたのである。

「いいんですか」

宇田川は、電話で言った。

「何がだい？」

「そんな試合のレフェリーをやって――」

少し、宇田川の言う意味はわかる。

宇田川の言う意味はわかる。格闘家として名前が売れてきた時に、そういう筋の人間たちがからむ試合に関わっていいのか、という意味だ。

試合自体は、違法ではない。

チケットこそ売ってないが、違法の試合ではない。

誰が、いつ、どこでどのようなルールで、格闘の競技の試合を開催しようと、法に触れるわけではない。

問題は、その試合が、賭けの対象となっていることだ。

しかし——

興行に、その筋の人間たちが関わるのは、昔からだ。今もそうだ。賭けの対象ということであれば、野球や相撲だってそうだ。しかし、誰が、野球や相撲を賭けの対象にして、いくらもうけようが、野球選手や審判が、法に触れることをしているわけではない。力士や行司が、法に触れることをやっているわけではない。

問題は、賭けをする人間と、賭けを主催する人間にある。

しかし、そういう言いわけが、世間に通用するかどうか。

いや、文七には、世間にも誰にも言いわけするつもりはない。

磯村露風と姫川源三——ふたりの試合をこの眼で見てみたいからゆくのだ。それだけのことだ。

黙っていると、

「会えるかな。近くにいるんだけど……」

宇田川は言った。

それで、上野公園で、文七は宇田川と合流したのである。

合流して、噴水の見えるベンチに、どちらからともなく腰を下ろしたのだ。

「姫川源三と、女を、名古屋から東京まで、私が車で運んだんですよ」

先に、これまでのいきさつを語り出したのは、宇田川論平であった。

女――美沙子という名前の、もとは天人会の岩田の女だった。

久保田という男と逃げた美沙子は、紀伊半島の先端に近い町で、「姫屋」というおでん屋で働いていた。

「姫屋」をやっていたのが姫川源三で、いつの間にか、ふたりは男と女の関係になった。

それで、姫川源三と美沙子は、天人会から追われることになり、名古屋へ逃げたのだ。

その名古屋での居場所を、天人会に知られてしまった。

原因は、美沙子が実家へ電話したことであった。そこから、糸をたぐられて、居所をつきとめられてしまったのである。

東京へ出た姫川源三が、女と一緒に暮らしはじめたのは、世田谷であった。

姫川源三は、〝菊式〟のことが記されている冊子を、持っている。宇田川が、ルポライターとして追っているのは、姫川源三である。

姫川源三から、色々と話を聞き出したいので、仲よくなるために、宇田川は、姫川源三に恩を売ったのである。それで、天人会の手が届く寸前で、宇田川は姫川を助けたのである。

「で、これからじっくりと、姫川から話を聞こうと思ってたのさ。が、女が天人会の連中に、拉致されてしまったんだ――」

原因は、女――美沙子にあった。

美沙子の実家は、岡山にある。

そこにいる両親に、女が、また連絡をとってしまったのだ。

その時は、宅配便を利用した。

金の無心を頼む手紙を、母親の誕生日プレゼントで贈ったスカーフの箱の中に入れたのである。

天人会が、女の実家をエリアとする宅配業者の人間何人かに金を渡して、その娘から、何かの荷が届くか、逆に娘あてに荷を送るようなことがあれば、その住所をひかえて、教えてくれるよう頼んでいたのである。

その網にひっかかったのだ。

で――

姫川源三が、仕事に出ている間に、ふたりが根城にしているアパートの部屋に、天人会の連中がやってきて、女を拉致していったのである。

天人会――つまり岩田が、美沙子の無事を約束する代りに、姫川に要求したのが、闘人市場への出場であった。

これを、姫川源三が受けたのである。

土方元から聴かされていた話と、大きくいちがってはいない。かなり正直なところを、宇田川は話しているのであろう。

「少し、ウォーミングアップをしたい」

と、姫川源三が言い出したのは、当然のことと言えた。

「人前で、よーいどん、でやるのははじめてなんでね。おれの技がどこまで通用するか試してみたいのさ」

姫川源三は言った。

「それは〝菊式〟を含めてですか？」

「さあね」

姫川源三は答えなかった。

「まあ、どっちにしても、ちょうどいいところがありますよ」

宇田川は、いつか、マカコから聞いていた〝隅研〟の話をした。

かつて、マカコが道場破りをしかけた隅田元丸の寝技研究会である。

〝菊式〟の調査をする過程で、宇田川はマカコと知りあっている。

マカコもまた、ホセ・ラモス・ガルシーアから、〝菊式〟の調査を頼まれており、宇田川とは時おり連絡をとりあう仲だった。

「わかった」

それで、姫川源三は〝隅研〟の志村弘太と闘い、隅田元丸本人とも闘い、ふたりに勝利してしまった。

「勝ったのか、あの志村と、隅田の両方に？」

文七は驚いた。

志村弘太と言えば、次期オリンピックの強化選手の中に入っている実力者であり、隅田に至っては、すでに総合の経験者である。あの葵飛丸（とびまる）に勝ってのけた実力者だ。

「勝っちゃいましたねえ」

宇田川は、右手の指を手櫛にして、もしゃもしゃの頭を掻きながら言った。

「で、使ったのかい？」

文七は訊いた。

もちろんこれは、〝菊式〟を使ったのかという意味だ。

「志村には、どうも、使ってないみたいでしたけどね。ただ、妙な名前の技は使ったようでしたよ」

「妙な名前の技？」

「無寸雷神」

「むすんらいじん？」

「ええ。寝てやる打撃みたいな技――」

宇田川は、その説明をした。

「隅田の方には、〝菊式〟を使ったようでしたよ」

「啖水(タンスイ)か、離桜(リオウ)か？」

「いいえ、不知火(しらぬい)とかいう技だって話ですけどね」

「どんな技なんだ」

「遠くからね、やるのを眺めてたんですけど、よくわかりませんでしたね」

隅田の顔を、何度も姫川源三の掌がふさいでいたように見えた。

そのうちに、ことり、と隅田が落ちたというのである。

「何か、新しい話が出るかと思って、姫川勉さんには、源三さんが〝隅研〟に行くことを教えたんですけどね」

「姫川が、現場に行ったのか」

「ええ、そうですね」

つまり、姫川源三は、息子の姫川勉が見ている前で、隅田に不知火をしかけたことになる。

「結局、よくわかりません」

宇田川は、まだ、秘伝書のことを姫川源三から聴き出せていないことになる。

「ところで、宇田川さん。今日、おれに連絡をとってきた理由は?」

文七は訊いた。

「ああ、そのことを、まだ言っていませんでしたね」

「結構、細かいところまで、おれに話をしてくれた。嘘をついてないというのは、おれにもわかるよ。何か、頼みがあるんじゃないのかい」

「あります」

きっぱりと、宇田川論平は言った。

「何だい?」

「姫川源三が、磯村露風に勝つか負けるかはわたしの知るところではありませんが、試合中に必ず彼は〝菊式〟をしかけるでしょう——」

「で?」

「あなたは、それを、一番近いところから見ることになるということです」

その通りだった。

「あなたであれば、我々には気づかない何かを、試合中に気づくのではないかと思っているのです」

「だから、何なんだ」

「それを、私に教えてほしいんですよ。姫川源三が、試合当日しかけてくる〝菊式〟の正体を、私に教えてほしいのです」

「――」

「試合中に、どちらかの味方をせよという話ではありません。ただ、あなたがリング上で見たものを、私に教えてくれるだけでいいのです。そのことで、あなたが心を痛めるようなことは、何ひとつ、ありません――」

「考えておこう」

「約束しましたよ」

宇田川は、文七の返事を了解した、と受けとめることによって、約束がここで成立したのだという雰囲気に、この場をもってゆこうとしているようであった。

「ところで、あらためてのことですが、いいんですか、丹波さん」

「何のことです？」

「巽さんのところでやる四月三〇日の試合、オファーがあったんじゃないんですか？」

2

暗い部屋だった。

広い。

巨大な、マット運動でもできそうなキングサイズのベッドがある。

どこかの高層ホテルの、スウィートルームらしい。

そのでかいベッドに、太い漢(おとこ)は腰を沈めていた。

両肘を両膝の上に置き、左右の指を組み、その上に太い顎を乗せている。

松尾象山であった。

松尾象山の背後に、東京の夜景が広がっている。

太く息を吸い、太い息を吐く。

灯りは、ベッドサイドのナイトスタンドがひとつだけ点いている。調光器付きのスタンドで、明るさが半分にしぼられている。そのため、明るいのはその周辺だけで、部屋全体としては暗い。

男と女が、ベッドの上で時間をすごすための明るさだった。

松尾象山の正面の、少し離れた闇の中に、ドアの方を背にして、ひとりの漢が立っていた。

話をするには少し遠いが、まずまず普通の声で会話が成立する距離であった。

黒い漢だった。

髪は、少し長めで、むろん、黒い。

眼が細かった。

瞳ももちろん黒だ。

肌も黒い。

黒い鉄のような皮膚をしていた。

着ているものも黒い。

黒い長袖のシャツを着ていた。

ボタンも黒い。

その黒いボタンを、首もとの第一ボタンまできっちりと留めている。

袖の黒いボタンも、手首のところできちんと留めていた。

黒いズボン。

黒い絹の靴下。

履いている靴も黒かった。

全身が黒。

吐く息までが黒い。

おそらく、下着までも黒いものを身に付けているに違いないと思われた。

「ま、そういうわけだよ、松尾さん……」

黒い漢は、低い声で言った。

その声も黒かった。

そのたたずまい、態度まで黒い。

細い眼の奥に、針先ほどの光が点っている。

その眸(め)の光も黒い。

「いや、ありがとう」

松尾象山は、顎を手から離し、そうつぶやいた。

「さすがは萩尾(はぎお)流の久我重明(くがじゅうめい)だ。きみに頼んでよかったよ……」

「道田薫は、松尾象山なら、喜んで席を用意させてもらうと言ってたよ」

黒い漢——松尾象山から久我重明と呼ばれた人物は言った。

見た目は、四〇歳前後であろうか。

「これまで、きみが闘人市場に出たのは何回だったかねえ」

「三度だよ」

「そうそう。三度出て、負け知らず……」

「たいしたことじゃない」

「いやいや、たいしたことさ」

「相手が松尾象山でなかったからだよ」

「いや、嬉しいことを言ってくれるねえ」

うん、
うん、
と、松尾象山は太くうなずき、

「ところで、どうして姫川は、このわたしに黙っていたんだろうねえ……」

つぶやいた。

「あんたに余計な気を遣わせたくなかったんじゃないのかい」

「いや、いやいやいや、そうかねえ。何か、試合で見られたくないことがあったとか
――」

「菊式を?」

「なんだ、そんなとこまで知ってるの？」

「昔、萩尾老山（ろうざん）から耳にしたことがある」

「え、老山先生から？」

「徳川に葵流、天皇家に菊流。その菊流に菊式って、えげつない技があるんだってね。維新後、この菊流が東製薬になった。姫川源三は、東製薬の身内だったんだろう。姫川は多少は菊式を齧ってるんじゃないのかい」

「よく知ってるねえ」

「で、会津に大東流——つまり、ヤマト流。姫川源三対磯村露風、こいつは天皇家対会津の代理戦争だって裏読みもできるんじゃないのかい」

「そこまでは言ってないよ、この私は——」

「そうだな、言ってない」

「ま、何であれ、どうであれ、これは見物しておかないとねえ。テレビ放映、ないんだからさ」

　松尾象山は言った。

「で、どうするの、きみは見に行くの？」

「姫川源三が出て、磯村露風が出て、松尾象山がやってくる……」

「ならば、久我重明も来るってわけだ」

「巽真も来るようだしね」

「あ、なに、巽くんも来るの？」

「それは、まだ言ってなかったかな」

「言ってないねえ」

あちゃあ——

と、松尾象山は声をあげ、

「巽くんも、こういうところは鼻がいいからねえ」

組んでいた太い指を解いて、その指でごりごりと頭を掻いた。

「じゃ、行くぜ」

久我重明は言った。

「ありがとう。感謝しているよ、久我くん。この距離にもね——」

「礼はいらないよ。松尾象山には、恩を売ったままにしておきたいからね」

「握手はやめとくよ」

「その方がいいね。何が始まっちまうか、わからないからね」

「それにしても、実にいい距離感だねえ。考えてみたら、久我くん、きみって、これまで一度もわたしとの間——一メートル以内に入ってきたことないね」

「あんたが、松尾象山だからね」

「嫌われてるんじゃないよね」

問われて、
ふっ、
と、はじめて久我重明の唇に笑みが浮いた。

唇の両端が、つうっと吊りあがって、そこにV字型の笑みが生じたのである。

久我重明は、そのまま、背を向けずに退がった。

「いつか、一メートル以内に入ってきてくれないかなあ」

松尾象山は声をかけた。

「やだね」

久我重明は、部屋に入ってきた時に、その位置を全て記憶していたのか、後ろを見ることなく、ソファーや椅子、テーブルを避けてドアまで後ろ向きにたどりつき、後方にまわした手でドアノブを握った。

「あ、ひとつ、言い忘れていたことがある」

久我重明は言った。

「どこで、どうこのことを知ったのか、道田薫のところに東製薬から、連絡があったらしい」

「何だい」

「用件は？」

「知らないね」

かちゃり、
と、ドアノブが回った。

「じゃ」

そう言って、黒い影のように、黒い漢、久我重明は部屋の外に出ていったのである。

後に、黒い、獣の臭いが残った。

四章　奇人たちの宴

1

広くない。
擂り鉢状の会場であった。
その底に、円形の試合場がある。
観客席は、二〇〇席ほどだ。
直径が六メートルほどの丸い試合場。
床は、板だった。
試合場を囲む壁も板だ。
これは、投げが充分な威力を持つように作られているということだ。
まだ、客はいない。
闘人市場の試合場。
人と人とが闘うためだけに作られたものだ。
他の用途はない。
その中心に、丹波文七は立っている。

車椅子に乗った道田薫が、文七の横にいる。

その車椅子の後ろに、スーツを着た漢が立っている。

そして、もうひとり、土方元が、文七の前に立っていた。

「どうだね」

道田薫が、文七に言った。

「明日、ここで試合が行なわれる。丹波くん、きみがその見届け人だ……」

土方は、文七に、レフェリーという言い方をしたが、道田薫は、見届け人という言い方をした。

道田薫は、しばらく会場を無言で見つめ、

「ねえ、丹波くん……」

文七に声をかけてきた。

「何故、人は闘うのだろうかねえ」

ふいの質問だった。

文七は、とまどった。

黙っていると、

「人には、大きな美徳がある……」

そうつぶやいた。

「いや、人というよりは、生き物には、と言った方がいいかもしれない。それは、儚さと言ってもいい。人は、愚かで、儚い。それ故、なんとも哀しく美しい。闘いというのは、愚かなものの最たるものだよ。だから、闘いというのには、なんとも言いようのない美しさがある。闘いを見るというのは、その愚かさ、儚さを愛でるということなのだよ……」

歌うように、道田薫は言った。

「おれにはわからないね」

文七は言った。

「いいのだよ、丹波くん。闘う者は、そんなことはわからなくていいんだ。これは、わたしが勝手に感じていることなのだからね——」

妙な人物であった。

文七にとっては、苦手なタイプと言っていいかもしれない。

しかし、不思議な存在感がある。

そこに居るだけで、無言の圧力と温度が漂ってくるのである。

「ところで、きみに頼みがあるんだが……」

道田薫は言った。

「頼み?」

文七は、道田薫の言葉を、繰り返した。

「明日の試合のことでさ」

「何だい」

「一方がね、まだ少しでも動いているうちは、試合を止めないでもらいたいんだよ」

「どういうことだ?」

「たとえば、関節技が極まるよね。で、一方がギブアップをする。でも、試合はそれで終りじゃないってことだよ——」

「なに⁉」

「だからさ、ギブアップしたフリをして、相手が油断したら、攻撃していいんだからね、うちのルールは——」

「ずいぶんな話だな」

「腕を折られて、その腕がもう使えなくなったって、負けじゃない。腕じゃなくてもいいよ。足を折られてさ、もう絶対に勝てないって思って本気でギブアップしたとしても、そいつを負けにするわけにはいかないんだよ——」

「ふうん」

「動かなくなったら負け。たとえ、その結果が死んじゃうことでもね――」

「――」

文七は、無言で、道田の言葉を聞いている。

「試合を中断する権利を持っているのは、勝っている方だからね。レフェリーじゃない。勝っている方が、仮に、相手が死体になるまでは自分の勝利はないと考えたら、そいつは勝利のために、相手を殺してしまっても一向にかまわないってことなんだよ」

道田の眼が、文七を値踏みするように見つめている。

「いちおうね、武器は使用できないことになっている。試合前に、身体検査はもちろんするよ。でも、その検査の目をくぐりぬけて何か武器を持ち込んでしまって、それがばれても……」

「なんなんだい？」

「それで、負けにはならないってことさ。一方が、武器を使って相手を痛めつけたりするよね」

「ああ」

「それを見つけた時、その武器を取りあげたりはするものの、それでそいつを反則負けにしたりしないんだよ――」

「その武器が、たとえ、毒でも?」

「あれ?」

道田が、首を傾げた。

「丹波くん、きみ、もしかしたら知ってるのかい」

「菊式のことだろう」

「わお」

と、道田は、とってつけたように、びっくりしてみせた。

「ああ、そうだったな。きみは土方くんと一緒に、行ったんだよね。大阪のホテルまで
……」

「ああ」

文七はうなずいた。

そこで会ったのは、東製薬の社長東陣一郎の父親である東治三郎という老人であった。

見た眼は八〇代に見えるが、もっと歳をとっていそうな老人であった。

東治三郎は、姫川源三の義理の父親でもある。

身長は、一五五センチに満たない。

治三郎の右手に持った茶碗に、拳をあてるゲームをして、負けた。拳は、茶碗にあたら

なかったのだ。

文七の前に、土方元も、同様のゲームをやった。

持っていた剣で、治三郎の持った茶碗を切ろうとして切れなかったのだ。

不思議な現象であった。

これが、東一族の持つ菊式という術理によるものであったのではないかと、今は文七もわかっている。しかし、それが、どういうシステムの術理なのかがわからない。おそらく、毒をベースにしたものではないかと、文七は理解している。

「東治三郎、その昔に、ブラジルへ渡り、前田光世と闘い、勝っているのは知ってるかね」

前田光世――明治の柔道家だ。

二〇代で海外に渡り、二〇〇〇試合をして無敗。

ブラジリアン柔術とバーリ・トゥードの元祖となった人物である。

「まだ、治三郎が十代の頃だったはずだよ。講道館の嘉納治五郎に盗まれ、前田光世の手に渡り、ブラジルまで持っていかれてしまった、菊式の秘伝書を取り返しに行ったのだよ。それを、今、持っているのが姫川源三だ……」

「だいたいのところは、承知しているよ」

「だからね、わたしは見てみたいのさ」

「何をだい」

「明日の試合で、姫川源三が使う菊式をね――」

「しかし、毒は……」

「見つからなければいいのさ、武器でも、毒でも……」

「――」

「明日は、きみが、どこまでそれを見ることができるのかが問われてもいるんだよ。言うなれば、これは磯村露風、姫川源三、丹波文七の三人が、リングで勝負をすることになるわけだからなあ。考えただけでも、どきどきしてくるねえ――」

道田薫は、嬉しそうに笑った。

「そうそう。明日の試合だけどね、東治三郎も観に来ることになったよ」

「なに⁉」

文七は、声を大きくした。

来るのか、あの老人が。

「鮫島（さめじま）さんという方から連絡があってね、どうしても試合を観たいそうでね。もちろん、OKしたけどね」

鮫島——

外国ブランドのスーツとコートを着た、三〇代後半に見える男。

あれは、アルマーニであったか。

ねっとりとした視線を持った男だった。

まず、その視線が動き、自分のその視線をなぞるように、身体が動く。

その鮫島が、自分と土方元を、大阪の高層ホテルの最上階に住む東治三郎の部屋まで案内したのだ。

「なんだか、とてつもなくおもしろいことになってきたと思わないかい、丹波くん——」

道田薫は、そう言って、乾いた声で静かに笑った。

「ところで、丹波くん」

道田薫の口調があらたまった。

「なんだい」

「きみは今、上野のホテル住まいなんだってね」

「そうだよ」

「きみに、プレゼントがあるんだよ。それを受け取ってもらいたいんだが……」

「それと、上野とどういう関係があるんだい」

「いや、だから、夜の十時過ぎ、散歩に出てほしいんだよ。上野公園にね。それで、できるだけ、人気（ひとけ）のない所を歩いてほしいんだよ――」

「どういうことだい」

「そうすると、そこに、わたしからのプレゼントが届くってことだよ」

「――」

文七は、道田薫の真意をはかりかねて、口を閉じた。

「怖いかい」

そろりと、道田薫が問うてきた。

「怖いね。男は、夜に、そういうところを出歩かないもんだ」

「ああ、いい答えだねえ。でも、ぜひ、そうしてもらいたい。もっともきみが、わたしからのそのプレゼントをいらないっていうんなら話は別だけどね。けれど、これは受け取ってほしいんだ」

「考えとくよ。眠れない時は、時々歩いたりするんだ。誰かに言われなくてもね」

「ありがとう、丹波くん。わたしのプレゼント、たぶん、気に入ってもらえると思うよ――」

それが、その日、道田薫との対面で交された会話の最後となった。

そのまま、道田薫は、土方元に車椅子を回させて、文七に背を向けていたのである。

2

文七が、ホテルを出たのは、十時半を少しまわってからであった。

シャワーを浴びて、眠ろうかと思ったのだが、道田薫の言葉が頭を離れず、外へ出る決心をしたのである。

ジーンズに、スニーカー。

着ているのは、Tシャツ一枚である。

風は冷たかったが、襟のあるシャツをその上に着るのをやめたのだ。革ジャンパーも置いてきた。

ゆっくりと、文七は歩いている。

街灯が、あちこちにあって、周辺を照らしているが、本質的には、上野公園は夜の森である。

街灯の明りが届かず、闇がたち込めている場所にはこと欠かなかった。

アスファルトの上は歩かず、土の上を歩いた。

明日の試合のことも心にかかってはいるが、いったい、どういうプレゼントが用意されているのか——それが、この瞬間に一番気になっているところであった。

このところ、たて続けに色々なことが起こっている。

それに、ひとつずつ心を砕いていたら、頭がこんがらがりそうなくらいだ。

まあいい。

自分で、全てをコントロールできるわけでもないし、そうしようと思ってもいない。

自分より強い奴に会って、そいつと生きることや死ぬことを考えず、極限まで闘いたい——それが、自分にとって一番シンプルな欲望だ。

勝利は、その次だ。

人生の幸も不幸も、考えるべきではない。

名声や、金も欲しくないわけではないが、それは、二番目、三番目の欲望だ。

そんなことを思いながら、歩いていたその時——

左足が、ふいに、何かにつまずいた。

いや、つまずいたのではない。

ジーンズの裾の後ろの部分——そこが、何かに引っかかったのだ。

木の枝か何か。

それで、バランスを崩したのだ——そう思ったのだが、次の瞬間には、その思いは消し飛んでいた。

木の枝など、そこにないのはわかっていた。

つまずくようなものもない。

それは確かだ。

文七は、瞬間的に、右足で地を蹴って宙に跳び、空中で一転して地に降り立った。

降り立った時には、もう、後ろを振り返って、拳を持ちあげて構えていた。

何事が起こったのか。

立ったバランスが悪い。

その理由が、文七にはわかっていた。

宙で、左の靴が脱げたのだ。

それで、左足と右足の高さのバランスが崩れたのだ。

文七が、後方を振り返った時、そこに見たのは、ただの闇であった。

誰か、人が立っているわけではない。

では、いったい何があったのか——そう思った時、文七は、そこに見ていた。

黒い、不気味なものを。

それは、地に這う巨大な蜘蛛であった。

黒い、人間ほどの大きさの蜘蛛が、腹這いになって、光る眼で文七を見あげていたのである。

人であった。

黒ずくめの人だ。

低い姿勢で、四つん這いになった人間だ。

その人間の左手に、さっきまで文七が左足に履いていたスニーカーが握られていたのである。

そこで、文七は、何があったのかを理解していた。

その、黒い巨大な人間蜘蛛が、後ろから文七に這いより、右手で、文七の左足のジーンズの裾をつまんだのだ。それで、文七はバランスを崩したのだ。

跳んで、逃げた。

その、跳んだ時に、宙に浮いた左足から、そいつにスニーカーを抜きとられたのだ。

おそるべき技であった。

「転ばなかったのは、さすがだね……」

そいつが、黒い声で言った。

おそるべき手練れとわかる。

文七が、そこを歩いた時、誰もそこにはいなかった。いたら、気づかなくとも、そいつにつまずくか、踏むかしている。そうでなかったということは、文七がそこを通り過ぎてから、そいつが、這って自分の背後までやってきたことになる。

ゆっくりと、そいつが立ちあがり、

「久我重明だ」

そう言った。

「あんたが……」

文七は、半歩退がって、右足のスニーカーを脱ぎ捨てた。

バランスがもどる。

「知っていてもらえたのなら、嬉しいね」

久我重明が、唇の両端を小さく持ちあげる。

笑ったらしい。

らしい、というのは、笑みに見えなかったからだ。

唇の両端を持ちあげるというのは、人間の表情を記号化した時、笑みという他はない。

しかし、その笑みは、対面する者をほっとさせはしなかった。見る者の怖さを倍加させる笑みであった。

「暗器(あんき)の重明……」

古武術、萩尾流を若い頃、学んでいたのではなかったか。

文七は、すでに浅く腰を落としている。

「何を考えてたんだ」

黒い漢、久我重明が問うてきた。

「試合中に考え事をしている人間は、小さな石ころにだってつまずいて転ぶ……」

「試合中?」

「違うのかい?」

「何がだ?」

「息をしている間は、糞をしている時だって、寝ている時だって、女とやっている時だって、試合中ってことじゃないのかい。もちろん、考え事をしている時だってね」

その通りだった。

「暗器の重明は、試合はやらないって聞いたことがあるんだが……」

「人前で闘って、金をもらうような試合はね――」

「闘人市場で、三試合やったことがあるって聞いたよ」

「あれは、金はもらってないんだよ。おもしろそうだったからやったけどね」

「あんたが、道田薫の言っていたプレゼントかい」

「プレゼント?」

「道田薫がそう言っていたんだよ。プレゼントをおくるから、欲しかったら、夜、上野公園を散歩しろってね」

「道田薫は、おれにも同じことを言ってたよ――」

「同じこと?」

「プレゼントを用意したから、夜、上野公園を散歩でもしてみるんだな、と――」

「ふうん」

文七はうなずいた。

しかし、油断はしない。

充分に距離はとってあったが、久我重明の身体から、ゆらゆらと立ち昇ってくる気配は、鎌首を持ちあげてこっちを見つめている猛毒を持った蛇のようであった。

「道田薫は、おれとあんたと、ここでやらせようって考えてるってことかい」

文七が、そろそろと息を吐き出しながら言った。

「違うね、たぶん……」

「たぶん?」

「もしも、この久我重明と丹波文七がやるんなら――」

「やるんなら?」

「たぶん、道田薫は見たがるだろうってことさ――」

「見たがる?」

「必ずね」

「じゃ、どこかに隠れて、今、おれたちを見てるってことかい」

「あの男はいないよ。いれば、隠れたりしないで、すぐそこに出てくるだろうからね――」

「車椅子でも?」

「車椅子でもね」

そうか――

文七は、心の中でうなずいた。

動きの素早い人間なら、上手に身を隠せば、これまで、自分にも、久我重明にも見つからずに身を隠していることは可能であるかもしれない。

たとえば、姫川勉や、磯村露風ならば――

しかし、人間に比べて、車椅子は幅がありすぎる。木立の向こうに隠れても、車体のどこかがはみ出してしまう。

「道田薫なら、おれたちをやらせるのに、こんなややこしいことはしないよ」

「どうするんだい？」

「あんたやおれの前に札束を積みあげて、おまえたちの闘うところを見たい、と言うだろうね」

「金で、試合はやらないんじゃないのかい」

「仕事は別だよ」

「仕事？」

「細かいところまで言わせるなよ……」

久我重明は、また、微笑したらしい。

唇の端を、小さく吊りあげる。

平たいV字型の、魔性の笑みだ。

「じゃあ、何だって、こんなことをおれたちにさせたんだ？」

「ああ、まだ、あんたに言ってなかったことがあったな」

「何だい？」

「道田薫は、こうも言っていたな」

「こうって？」

「もしも、プレゼントを気に入ってもらえたら、そいつに萩尾老山と東治三郎の話をして
やってくれないかってね」

「なに⁉」

「萩尾老山と東治三郎の桜の話などをしたら彼も喜ぶんじゃないかってね」

「会ったことがあるのか、そのふたり――」

「何度かね。その時、桜の話をしたことがあるらしい……」

「桜というと……」

「菊式に、離桜(リオウ)というのがあるんだってな」

「離桜――枝から離れて散る桜のことだな」

「ああ。おれは一度だけ、萩尾老山から聞かされたことがある」

「何と？」

「もしも、菊流とやる時は、離桜に気をつけろと。東治三郎が前田光世とやった時、この
離桜を使ったらしいってね」

「どういう技なんだ、その離桜っていうのは――」

「火を使うらしい」

「火?」

「何かを、火に焼べて煙を吸わせるか、嗅がせるか……」

「何かって?」

「知らないね」

「その煙を吸うか嗅ぐかすると、どうなるんだ」

「それも知らないね」

「萩尾老山も?」

「ああ、そこまでは教えてもらってはいないようだった」

「しかし、煙なら、菊式を仕掛けた方だって吸ったり嗅いだりしてしまうんじゃないか」

「仕掛ける時は、やる方が、あらかじめ、別の薬を飲んで、その毒に対して、身体に耐性をつけておくらしい――」

「しかし、何だって、そんなことを萩尾老山は知ってるんだ。東治三郎が、そんなことまで、しゃべったのか?」

「技の交換をしたらしい」

「技の交換って?」

「萩尾流が、秘伝の技をひとつ教える。代りに、菊流が、菊式の技をひとつ教える——そういうことであったらしい——」

「へえ。で、萩尾流は何を教えたんだい?」

「蝉丸(せみまる)……」

「蝉丸?」

「ああ、そうだよ」

「どんな技なんだ」

「言えないね」

「だろうな」

この時、文七の脳裏にあったのは、竹宮流の虎王(こおう)であった。

相手の頭部を膝と踵で挟むようなかたちで打撃を加え、そのまま肩と腕の関節を極める技だ。

基本、古流において、秘伝や奥伝は門外不出である。

門下に入らなければ、教えない。

何故なら、相手に、自分がどのような技を持っているかを教えたら、その技が研究され、その技が通用しなくなってしまうからである。だから、教えない。

教えるにしても、段階を踏んで、だんだんと人を見定めながら、より深い技を口伝で伝えてゆく。

それは、武術に限らない。芸能であれ、宗教であれ、初心者には絶対に教えないものが、あるのである。

「教えたって、信用しないだろう？」

久我重明が言った。

「そうだな」

「東治三郎も、離桜の全てを教えたわけじゃない。そりゃあ、萩尾老山だって同じだろう。蟬丸の全てを治三郎に教えたとは思えないね」

「わかるよ」

「人が見ているところでは、みんなが知ってる技を使う。秘伝を使うのは、誰も見ていない時だ。相手と自分だけ——」

「でも、相手には、その技が知られてしまうんじゃないのかい」

「やられた方は、何がおこったかわからないよ。わかっても……」

「どうなんだい？」

「死んでしまったら、やられた技を誰にも教えられないってことさ」

久我重明は、ぞろりと怖いことを口にした。

久我重明は、少し間をおいてから、

「どうだい？」

訊ねてきた。

「どう？」

「道田薫の言っていたプレゼントさ。気に入ってもらえたかい」

「ああ。明日のレフェリングの参考になるかもしれない」

「でも、こっちはまだ、あんたから何ももらってないような気がするんだけどな……」

「プレゼント？」

「ああ」

「何が欲しいんだい」

「丹波文七……」

「おれを？」

「丹波文七を見てみたい」

「そりゃあかまわないけどね、そんなに色々と方法を知ってるわけじゃない。というより、ひとつしかその方法を、おれは知らないんだよ」

「おれもだよ」

「いいのかい。ここで見せても――」

「いいさ。道田薫は、がっかりするかもしれないけどね」

文七と、久我重明との間に、眼に見えないものが、張りつめた。

空気が、ひりひりとささくれ立つ。

そこへ――

「そのくらいで――」

少し離れたところから、声がかかった。

太い欅の幹の陰から、ひとりの男が出てきた。

黒いスーツを着ているが、ネクタイはしていない。

「水島か……」

久我重明が言った。

「もう、そのくらいで……」

その男――久我重明が水島と呼んだ人物は、ゆっくりと歩きながら前へ出てきた。

足の運びが柔らかい。

歩いている時も、身体の中心軸がぶれない。

それだけ見ても、ただ者ではないとわかる。

「誰か、様子を見に来ているんだろうと思ったが、おまえさんが来たか——」

「他の人間じゃ、止められないだろうからって——」

「道田薫が言ったか——」

「はい」

水島はうなずいた。

眼が、細い。

スーツの生地の上からも、身体つきが常人と違うのがわかる。

生地の下にあるのは、よく鍛えられた肉体である。

道田薫が、自宅の庭でクリマコスを見物している時、その後方に立って、車椅子のハンドルを握っていた男だ。

「水島純一郎(じゅんいちろう)⁉」

文七がつぶやいた。

「まだ、わたしの名前を覚えていてくれる方がいるんですね」

水島は、微笑した。

細い眼の奥に、針先のような鋭利な光が点っている。

水島純一郎——

前々回のオリンピックの時、アマレスの金メダル候補と言われていた選手である。

オリンピック直前の試合で、相手選手を投げ、頸の骨を折って殺してしまったことがある。

バックを取って持ちあげ、頭からマットに投げ落としたのだ。よくある技であり、めったなことで、それが事故になることはない。

その事故がおこったのだ。

普通なら、ボクシングにしろ、レスリングにしろ、柔道にしろ、技を受けた相手が死んでしまっても、それは事故として処理されることになる。

たとえ、故意の要素があったとしても、投げた方が、つい夢中で、と言えばそれ以上追及されることはない。

水島も、それで済むはずだったのが、

「受け身の下手な奴は困る」

スポーツ紙のインタビューを受けて、そう答えてしまったのだ。

「こっちは殺すつもりでやるわけだから、レフェリーが止めてくれないと……」

水島の言うことは、その通りであると言える。

闘う選手どうしは、ルールの中で、ぎりぎりまでやる。互いに相手の肉体を壊し合うのが格闘技だ。その時、選手を守るのが、ルールであり、レフェリーである。

その通りだが、相手選手が死んだ時に、口にすべき言葉ではない。

結局、試合中に相手が死んだことよりは、その後の発言によって、ほぼ内定していたオリンピックへの出場を、水島は果たせなかった。

そして、水島純一郎は、アマレスから姿を消したのである。

その水島が、今、文七の眼の前にいる。

「どうやって止めるんだい？」

そろりと、黒い息を吐き出しながら、久我重明が言った。

「やめてくれって頼んだら、やめてくれるのかな」

水島が問う。

久我重明は答えず、
ふっ、
と、唇の両端を小さく吊りあげただけだった。

「久我重明を止める方法は、ひとつしかないと思ってるよ」

「よくわかってるようだな」

久我重明がうなずく。

「おれは止めてもらえるのかい」

文七が訊いた。

「あんたも、他人の言うことを聞きそうにないタイプだよな」

「よくわかってるじゃないか」

「だけど、ふたりを相手にするつもりはないよ」

「どうするんだい」

文七は、そう言って、白い右の犬歯を覗かせた。

「道田先生が言ってたのは、あんたたちが意気投合しないようにってことだったんだけどな」

「意気投合って?」

「だから、久我重明と丹波文七が、仲良しになって、この場で試合したりしないようにするのが、おれの役目なんだよ」

「というと?」

「ふたりは止められない。でも、どちらか一方を止めれば、試合はできなくなるさ——」

「どっちにするんだい?」

これは、文七がたずねた。

「あんた、丹波文七ってわけにはいかないんだよ、これはね。あんたには、明日、闘人市場でレフェリーをやってもらわなきゃならないからね。止めたら、レフェリーができなくなるだろう。そうなったら、道田先生に叱られてしまうからね」

「どうして、止めるとレフェリーができなくなるんだい」

「わかってるくせに」

水島が、唇の片端で微笑した。

「おれならばいいってことか」

「こっちの世界じゃ、丹波文七より、あんたを止めた方が、名前もあがるしな」

「おれだって、丹波とここでやるつもりはないよ。丹波がどうしてもって言うんなら別だがな」

久我重明が、ちらっと文七を見た。

文七は無言で、半歩退がった。

「なんだ、やめちまうのか。残念だな。おれの出番がなくなる……」

水島は言った。

残念と言っているわりには、話をしているうちに、水島が距離をいつの間にかつめてきていた。
久我重明と、文七が向きあっているその中間へ、水島が出てこようとしていた。
水島の右が文七、左が久我重明だ。
水島の足が止まった。
ちょうど、レフェリーが立つような位置だった。
「ちぇっ」
と、水島が小さく舌を鳴らした。
水島の身体から、張りつめていたものが一瞬抜けた。
その瞬間だった。
水島の身体が動いていた。
重心を落とし、頭を下げ、つっこんだ。
久我重明に向かって――
疾い。
迷いがない。
始めから、水島はそうするつもりだったのであろう。
タックルが入った――そう見えた瞬間、久我重明の左膝が、正面から水島の顔面に突き刺さっていた。

ぐちゃっ‼

という音が聴こえた。

ただ一発の強烈な膝。それもカウンターだ。通常はそれでどのような勝負であれ決着がつく。

そういう膝であった。

が──

水島は、その久我重明の左膝を両腕に抱え込み、身体ごと上に持ちあげていた。

「くおおおっ！」

持ちあげて、落とした。

頭から。

下は、マットや畳ではない。

堅い地面だ。

宙で、久我重明は身体を丸めていた。

両手で水島の頭部を抱えていた。

肩と、後頭部から落ちた。

これもまた、それで決着がつく、そういう投げであった。

むくり、
と、久我重明が起きあがる。

どうして起きあがることができるのか。

理由がわかったのは、

「ふう……」

続いて起きあがった水島の頭部を見たからであった。

水島の両耳から、血が流れ出していた。

身体が地面に落とされる前、久我重明は、両手の中指を、水島の両耳の中に潜り込ませていたのである。

その痛みで、水島は声をあげたのだ。

だから、地面に久我重明を落とす時に、その威力が半減していたのである。

水島は、立ちあがり、

「やめときゃよかったかな」

久我重明を見やって、低くつぶやいた。

まだ嗤っていた。

「おれにそれを訊くのかい」

「自分に訊いたんだよ」

「何て言ってた？」

「なかなかやるじゃん、おれって——」

「へえ」

久我重明が言った時、水島が右足で一歩前に出てきた。

その瞬間——水島がその一歩を踏み出す初動の動作とほぼ同時に、久我重明は前のめりに地に伏せていた。

レスリングで言えば、前に踏み出されてきた右足に向かって、片足タックルにいったような動きだった。

「くっ」

水島の動きが止まった。

久我重明は、片足タックルにいったのではなかった。

身体を大きく前のめりに倒したあと、水島の斜め後方へ転がって逃げた。

水島は、久我重明の身体を、右足で蹴りあげようとしたのだが、

「む⁉」

その動きが途中で止まってしまったため、久我重明は、身を転じて逃げることができたのだ。

水島の身体が動かなかったのには、理由がある。

水島の右足の甲に、黒い、細い金属の棒が突き刺さっていたのである。それが、水島の足の甲を貫き、靴底を貫き、その右足を地面に縫い止めていたのである。

寸鉄と呼ばれる隠し武器であった。

寸鉄――武器を何も所持していない時、身に寸鉄も帯びていないという表現がなされるが、その寸鉄である。

割箸より、少し短いくらいの鉄の棒で、一方、あるいは両方の先が尖っていたりする。中央近くに、指に嵌める鉄の輪があって、これが回転するため、掌と手首にかけての空間に、上手に隠すことができる。手に武器を何も持っていないと相手に思わせて、これで攻撃する。隠し武器――つまり暗器である。

「痛(いて)えなあ、久我さん。暗器なんか使うんだもの……」

言い終えないうちに、水島の左側頭部が、

ぱん、

と鳴った。

久我重明が、右足で蹴ってきたのだ。

水島の身体が、前のめりに崩れた——と見えたのだが、そうではなかった。

水島は、身をかがめ、左膝をつき、右足の甲に刺さった寸鉄を右手で抜いた。

その寸鉄を持って、水島が立ちあがる。

「この寸鉄の使い方なんか、よくないでしょう、久我さん。こんなややこしいことしたのは、殺す方がかんたんだよって、ただ言いたかっただけでしょう」

足の甲を刺すより、心臓でも、頭でも、そっちを突く方が楽である。もしもそうしていたら、生命はないところであった。それを久我重明は言いたかっただけではないのかと、水島は言っているのである。

「まだ、やる？」

「うん」

水島が言った時——

「やめとけ——」

という声がかかった。

林の中から、ゆっくりと出てきたのは、車椅子に乗った道田薫であった。

そのすぐ後ろで、黒いスーツ姿の男が、車椅子を押している。

「道田先生……」

水島が言った。

「おまえにもしもの時の仲裁を頼んだまではよかったのだが、そのまますんなり終るか少し心配になったのでね。様子を見に来たのだ――」

「わかりました」

水島がうなずいた。

「やめときますよ。これからだったんだけどなあ」

ちらりと水島は、久我重明を見た。

「なら、それを返してもらおうか」

久我重明が右手を差し出してきた。

「じゃ」

水島が、右手を振った。

水島の手から、寸鉄が離れて飛んだ。

勢いがある。

しかも、くるくると寸鉄は回転していた。

距離も短い。

なお、夜で明りが充分でない。

寸鉄は、回転しながら久我重明の胸元へ飛んだ。

久我重明は、右手を伸ばし、ひょいと胸の前の空間を撫でた。

その右手に、きれいに寸鉄を摑んでいた。

「受け取った」

久我重明の手の中に寸鉄が消えた。

手を回して、次に手を開いた時、もう、寸鉄はどこにもない。

シャツの袖の中に隠したか。まだ、手のどこかに、見えぬかたちで存在しているのか。

「道田さん、仕事はしたよ」

久我重明は、それだけ言って、背を向けた。

「丹波、続きは別の時にやろう。場所は、その時そうなった場所でいい」

言い終えぬうちに、もう、久我重明は歩き出している。

「可愛気のない奴だな。あいかわらず……」

水島がつぶやいた。

「どうだね、丹波くん……」

道田薫が文七に声をかけてきた。

「わたしからのプレゼント、受けとってもらえたかね」

「ああ、もらったよ」

文七はうなずいた。

野には、まだまだ異様な漢たちがいる……

そう思いながら、文七は、闇に溶けてゆく久我重明の背を見つめていた。

五章　妖物試合

1

最初に、姫川源三の控室に入った。

文七と一緒に行ったのは、車椅子の道田薫と、その車椅子を押している水島のふたり
——合わせて三人である。

ドアをノックすると、

「どうぞ」

という声がした。

姫川勉の声だった。

水島が、前に動いてドアを開き、車椅子の後ろにもどってから、車椅子を押しながら中へ入っていった。

昨日、水島は、久我重明に、指を両耳に突っ込まれている。右足の甲は、暗器で串刺しにされている。

それを、おくびにも出さない身体の動きであった。

当然、治療をし、場合によっては痛み止めの注射も打っているかもしれないが、たいし

た不死身ぶりであった。

さっき、会った時も、昨夜のことがなかったかのように、無表情であった。

ふたりの後から、文七もその部屋に入った。

十二畳間ほどの広さはあるだろうか。

そこに、流しがあり、鏡があり、背もたれのない長椅子と、テーブル、椅子、ロッカーがある。

奥に、トイレとシャワールームがあるのがわかる。

両足で、長椅子をまたぎ、上体を仰向けに倒して、顔にタオルをかけているのが、姫川源三であるとわかる。

姫川勉は、その横にあるテーブルに直接腰を下ろしていた。

「お邪魔するよ」

入ってきたのが、道田薫とわかると、テーブルから降りて、床に立った。

「道田先生……」

ふたりの声で、入ってきたのが誰か、姫川源三もわかったのであろう。

上体を起こした。

顔にかけてあったタオルが、姫川源三の両脚の間——長椅子の上に落ちた。

「道田さんに、丹波くんか……」

姫川源三の顔には、自然な笑みが浮いた。

試合直前とは、とても思えない。

「今日は、レフェリーをやるんだって？」

源三が訊ねてきた。

昨年の暮れに、文七は紀伊半島で姫川源三に会っている。

多少でない因縁がある間がらであった。

「ええ」

文七がうなずく。

源三は、文七を上から下まで眺め、

「おやおや、丹波くん。Tシャツにジーンズ姿だけど、まさかその格好でレフェリーをやるのかい」

「ああ、やるよ」

文七は言った。

すると、源三は右手を差し出してきて、

「よろしくたのむよ」

文七の右手を握り、左手で、軽く肩を叩いてきた。

眼尻の皺、白髪の交ざる髪――松尾象山と同じくらいの歳か。

五十三歳の松尾象山より、上であるにしろ下であるにしろ、五〇代であることは、間違いなかろうと思われた。

「今日のルールは、わかっているかね」

道田薫が訊ねる。

「何をやってもいいんでしょう?」

源三が言う。

「そうだよ」

「眼に指を入れても?」

「そうだよ」

「睾丸(こうがん)を潰しちゃってもいいんでしょう」

「そうだよ」

「武器を使っても?」

「もちろん。ただし、試合場に持ち込むことができたらね。相手選手と、この丹波くんが立ち会うところで、入念にチェックをする。それでも、持ち込まれたものは、使用できる。

ただし、それが見つかったら、レフェリーの判断で、没収だ」

「レフェリーっていうと、丹波くん？」

「そうだよ」

道田薫がうなずく。

「しかし、武器は没収されるだけだ。それで、減点されたりとか、反則負けになったりはしない……」

「わかってますよ」

「そういうルールにしているのは、それが、私の考える公平なルールだと思うからだ。武器を使えと言っているわけでもないし、眼を抉れと言っているわけでもない。殺し合いを見たいわけではないからね。それをどうするかは、きみの心が——いや、闘う者の心が決めることだ」

「その通りだと思いますよ。実にいいルールです」

「嘘をついてもいいんだよ。ギブアップしたふりをして、相手が油断したところで、攻撃していいんだ。ただ、そこは丹波くん次第だけどね——」

道田薫が、文七を見やった。

「いくらギブアップしたふりをしても、丹波くんが、それを本気にしちゃったら、負けになってしまうってことですね」

「そうだよ」

「ああ、丹波くん。ぼくの一回目のギブアップは、ふりだから。信用しないでくれないかな。二度目、三度目の時は、本気だから。できるだけ早く、試合を止めてくれないかなあ――」

姫川源三は、本気とも、冗談ともつかないことを口にした。

文七は、黙っている。

「ねえ、道田さん。丹波くんを買収して、こっちに有利なレフェリングをしてもらうっていうのは？」

「もちろん。できるんならね」

道田薫がうなずく。

「だってさ。どうだろう、丹波くん。百万円――いや、一千万円でも一億円でも払わせてもらうから、ぼくを勝たせてもらえるだろうか――」

姫川源三は、にこやかに笑っている。

「丹波さん、親父の言うことは、あまり本気にしない方がいいですよ」

姫川勉が、横からそう言った。

その時——

こん、

こん、

と、背後のドアに、ノックがあった。

「入らせてもらうよ、源三くん……」

低い声が、ドアの向こうから聴こえてきた。

誰も返事をしないうちに、かちゃり、とドアノブが回されて、ひとりの老人が入ってきた。

猿のように、身体の縮んだ老人であった。

猿に和服を着せて、紋付を羽織らせたら、こんな風に見えるかもしれない。

東治三郎であった。

この老人にも、文七は大阪で会っている。

その時は、土方元が一緒にいたはずだ。

年齢不詳——

百歳を超えていてもおかしくないであろう。

治三郎の背後に、影のように立っている男は、大阪でこの老人と面会した時に会っている。

老人と、その男が入ってくると、部屋が狭くなった。

「久しぶりだね、源三くん……」

老人——東治三郎が言った。

声は、しわがれて、低いが、言葉はきちんと聴きとることができる。

「今日、こちらに来ると、話はうかがってましたよ」

姫川源三が言う。

源三にとっては、義理の父だ。

「こっちに顔を出すのは、試合の後の方がよかろうと考えていたのだが、思いなおしてね、試合前にすることにした……」

「どうしてです?」

「試合の後だと、きみが口を利けるかどうか、わからないと思ったのだよ」

「ことによったら、死んでしまってるかもしれないからでしょう」

「そうだ」

治三郎はうなずいた。

かけねなしに、本気のうなずき方であった。

「いい判断だと思いますよ」

「そこでだ、我々が欲しいのは——」

そう言って、治三郎は、周囲にいる者たちをちらりと見やった。

「東先生、我々ははずしましょうか？」

道田薫が言った。

「いいや、かまわんよ。いてくれてもね——」

治三郎はそう言って、あらためて、姫川源三を見やった。

「例のものがどこにあるのか、試合前に勉に告げておけ——」

「勉に？」

「それなら、きみが試合でどうなろうと、かまわん」

「了解しました」

姫川源三が、うなずく。

「聴きたくありませんね」

姫川勉が言った。

「いいや、おまえに言っておく」

「教えられても、すぐに言ってしまいますよ、私は——」

「それでかまわんよ。おまえの自由でいいさ——」

姫川源三が言う。

「では、決まったな。それから、源三くん、きみにひとつ言っておく——」

「なんでしょう」

「菊の花の咲くところを見せてくれ」

「難しいですねえ、今日は——」

「きみの菊の花の咲かせぶりを、久しぶりに見たくなったのだ——」

「へんなプレッシャーをかけないで下さい」

源三の言葉を無視するように、

「ではゆこう」

東治三郎は、もう背を向けていた。

「菊の花は、試合場で見せてもらうよ——」

治三郎は、かなり達者な足どりで、部屋を出ていった。

文七の顔は覚えているはずなのに、治三郎は、一度も文七と眼を合わせようとしなかった。

2

「おお、よく来てくれたねえ、丹波くん――」

部屋をたずねると、磯村露風は、笑みを浮かべて、椅子から立ちあがった。

部屋に入っていった文七に右手を差し出してきた。

握手をする。

「嬉しいねえ」

磯村露風はそう言った。

姫川源三の控室と、同じ造りの部屋であった。

そこに、磯村露風と関根音がいた。

磯村露風は、椅子に座り、その背後から、関根音が、磯村露風の肩をマッサージしているところだった。

文七ひとりだけではない。

水島と、道田薫が一緒である。

道田薫は、さっき、姫川源三に告げたのと同じことを、磯村露風に告げた。

ルールの確認である。

「武器の持ち込み禁止ねえ……」

磯村露風は、なんだか嬉しそうに首を傾けてみせた。

「でも、見つからなけりゃ、いいんでしょう?」

関根音が言う。

「いいねえ関根くん。まるでこの世の中そのものみたいじゃないか。ぼくは好きだなあ、そういうの——」

「ですね」

「たとえばさ、丹波くんを、武器に使っちゃうのってどうよ」

「どうするんスか?」

関根音が訊く。

「だからさ、丹波くんの両足を右手と左手で持ってさ、ヌンチャクみたいに振り回してさ——」

「重すぎるんじゃないスか」

「そうだねえ」

「それだったら、あっちだって、丹波さんのこと、武器にするかもしれないじゃないスか

「――」

「あちゃあ」

磯村露風が、自分の額をぴしゃりと叩く。

「それに、今、そんなこと言ったら、丹波さん、警戒して、寄ってきませんよ」

「なるほどねえ」

いつもと同じ、磯村露風である。

「でもさあ、わたし、本当言うと、ちょっと怖いんだよ」

「まさか」

「本当さ、ほら――」

と、磯村露風が、自分の両足を指差した。

「震えてるだろ」

確かに、磯村露風の両足が、小刻みに震えていた。

「ほんとだ。これって、ちょっとやばいんじゃないスか――」

関根音が、嬉しそうに言った。

「うん、やばいかも」

磯村露風は文七に向きなおり、

「丹波くん、わたしが震えてただなんて、姫川さんに言っちゃダメだよ」

すがるような眼つきになった。

「磯村さん、その小技ちょっとセコくない。丹波さんは真面目だからさあ、磯村さんの口にしたことなんて、わざわざあっちに言いに行ったりしないと思うんだけど――」

関根音が嗤っている。

「そうだねえ、言わないか」

「ええ」

「なあんだ」

磯村露風の震えが止まっていた。

「つまんないことに、だいじな時間を使っちゃって損しちゃったかなあ」

「でも、震えたのは嘘でも、怖いっていうのは本当でしょ」

「関根くん、きみ、いきなり何を言い出すのよ。まったく、ねえ、丹波くん。やりにくい弟子は、持ちたくないよねえ」

「磯村さん、言っときますけど、おれ、弟子じゃないスから――」

「何言ってるのよ、弟子そのものじゃないの。わたしから色々教わってるしさあ」

「でも、おれ、猫の動きからも教わってますから。だけど、おれ、猫の弟子じゃないでしょう」

「あ、きみ、わたしと猫を比べるの。それって、ちょっと、失礼じゃない？」

「比べてないス」

「それにさあ、一番肝心なのは、関根くん、きみ、わたしより弱いでしょう。先生と弟子って、そこんとこがかなり重要じゃないの」

「弱くはないでしょう」

「だって、いつも、わたしの技にかかってるじゃない」

「あれは、そうした方が技を覚えやすいからでしょう」

「だから、それが弟子ってことじゃないの」

「じゃ、一回、教わるふりして、本気出してみていいのかなあ」

「あ、そこまで言う」

「言っちゃった？」

「こっちだって、教えるふりして、関根くんに、色々やっちゃったっていいんだよ。まだ教えてない、えげつないこと、いっぱいあるからねえ」

「いっぱいあるんだ」

「もちろん。関根くんみたいなひと、いっぱいいるからさあ」

「これだもんなあ」

際限なく続きそうであった。

話を打ちきったのは、磯村露風であった。

「ところでさあ、丹波くん。うちの要望は、あっちに伝えてくれた？」

「ええ」

「で、どうなのよ」

「ＯＫだそうです。試合直前でも──」

「そりゃあ、よかった」

「そのかわり、向こうも、同様にチェックをさせて欲しいと言ってました」

「もちろんさ。こっちだけというわけにはいかないしね。ねえ、道田さん」

磯村露風が、道田薫を見やった。

「好きにしてもらえばいい。両方納得ずくで、リングにはあがってもらいたいからね」

道田薫は、顎を引いてうなずいた。

3

姫川源三と、磯村露風は、ほぼ同時に会場へ姿を現わした。

派手な入場曲もなければ、呼び出しもない。

ただ、会場は、どっと沸きあがった。

東から姫川源三が、西から磯村露風が、会場に足を踏み入れてきて、リングに向かって歩き出した。

リングの上には、丹波文七だけがいる。

姫川源三には、セコンドとして姫川勉がついている。

磯村露風には、やはりセコンドとして、関根音がついている。

姫川源三と磯村露風は、リング下まで歩いてきて、そこで足を止めた。

最前列に座していた、白衣を着た男が立ちあがった。

試合のために用意されたドクターであった。

試合を止める権限は、このドクターにはない。

ドクターの出番は、あくまでも試合が終ってからだ。闘いの終った後、選手の治療をするために、ドクターはいるのである。

ドクターが、最初に歩み寄ったのは、姫川源三の方であった。

ドクターの後ろから、白衣の女がついてゆく。この女は、片手にプラスチックの箱をぶら提げていた。

リングの反対側からは、関根音が、姫川源三に向かって歩き出していた。

白衣のふたりと関根音が、姫川親子と、合流した。

　白衣の女が、プラスチックケースを開いて、中からハンドタオルを取り出した。

　濡れたタオルである。女は、それをドクターに渡した。

ドクターは、すぐに、

「始めます」

姫川源三に声をかけた。

「好きにしてくれ」

姫川源三が言った。

姫川源三は、着ていたTシャツをぬいで、それを姫川勉に渡した。

姫川源三は、素足、トランクス姿になった。

ドクターは、ハンドタオルで、姫川源三の全身をぬぐいはじめた。

見た目の重さから、そのタオル、おしぼり程度には、濡れているのだろうとの見当がつく。

それを、関根音が、横から眺めている。

続いてドクターがやったのは、姫川源三の口の中、鼻の穴、耳の穴を調べることであった。

「異常なし」

ドクターが、関根音に向かって言う。

次には、白衣を着た女が、爪切りで姫川源三の手足の爪を切ってゆく。

これは、全て、磯村露風からの申し入れがあって、やることを決められたチェックであった。このチェックには、必ず自分の側の人間を立ち合わせること——それも申し入れの中には入っている。

そのことごとくを、姫川側が受けたのである。

身体の一部に毒が塗られていて——たとえば手の指などに塗られていて、その指を、試合中に口の中に入れられたら、自然にその毒が体内にまわってしまうことになる。

爪に毒を塗っていて、その爪で、相手を引っ掻いたら、やはり毒がまわってしまうことになる。

姫川源三のチェックが終った。

次に、磯村露風についても、同様のチェックが行なわれた。

「ほら、試合中にさ、もしかしたら、相手の身体や爪に何か塗ってあるんじゃないかって考えはじめたら、きりがないしねえ」

そういうわずらわしい思考を、試合中にしてはいられない。

その代りに、磯村露風に対しても、姫川勉立ちあいのもと、同様のチェックが、リング下で行なわれたのである。

このチェックの後は、もう、姫川源三も、磯村露風も、セコンドと身体を触れあってはいけないし、ものも受けとってはいけないことになっている。

ラウンド制ではないので、試合がいったん始まれば、もちろん、もう、セコンドとは身体を触れあうことはできなくなる。

この間に、何人かの黒い服を着た男たちがリングにあがって、四本のロープ、コーナーポスト、マットなどを、モップやタオルで拭いている。

これで、もう、あらかじめ、毒が、マットやロープに塗ってあったとしても、それを利用することができなくなってしまったことになる。

これは、文七の提案でやったことであった。

ふたりの髪も、アルコールに浸した布で、拭いた。
そして、リング下で、ふたりは着がえた。
身につけているものを全て脱いで、道田薫が用意したトランクスを穿いたのである。
これでもう、菊式を使うことはできなくなったはずであった。
そうして、姫川源三と磯村露風は、リング上で向きあったのであった。

4

青いトランクスを穿いた姫川源三が、青コーナーに立っている。
赤いトランクスを穿いた磯村露風が、赤コーナーに立っている。
素手。
素足。
文七も、素足だ。
ジーンズに、Tシャツ。
この会場へやってきた姿のまま、靴を脱いでリングにあがったのだ。
入念に、ふたりのボディチェックをした。

肌や髪の匂いも嗅いだ。
おかしいところは、何も感じられなかった。
リング中央で、ふたりが向きあう。
ふたりとも、構えていない。
町で、知り合いに会い、立ち止まって挨拶をしている——そんな立ち方だ。
姫川源三も、磯村露風も、微笑さえ浮かべているではないか。
ゴングは、鳴らなかった。
「始め！」
文七が言った。
それが、この異様な試合の始まりの合図であった。
ふたりは、動かなかった。
ふたりが、リング上でかわしあっているのは、微笑である。
おい、久しぶりだな。
時間があるなら、ちょっとメシでもどうだ。
そうだな。
行くか。

そういう会話をしているように見える。

「やだなあ……」

頭を掻いて、姫川源三が白い歯を見せる。

「何が？」

磯村露風が、同様に白い歯を見せる。

「隙だらけなんだから……」

「じゃ、何で困ってるの？」

「どうしていいか、わかんないんだよなあ」

「だから、どうにでもして言ってるのに——」

「うーん」

通常の試合は、もちろん、リング上での選手の会話は禁止である。

しかし、この試合にそういうルールはない。

ふたりは、まず、会話から、闘いを始めたのである。

どういう競技の試合であれ、ここは、レフェリーが注意をし、「ファイト」と、試合を続けさせるところであるのだが、当然文七はそれを放っておく。

「ねえ、丹波くん——」

文七に声をかけてきたのは、磯村露風であった。

「さっき、シャワールームで約束したよね」

何だ。

何のことだ。

シャワールームだって？

さっき、磯村露風の控室には、確かに行った。そこには、シャワールームもある。しかし、そのシャワールームには入っていないし、シャワールームに限らず、どういう約束もしていない。

「うまくやってよ。そうしたら、ボクも約束は守るから――」

約束などしていない――

文七は、危うくそう口にするところであった。

出かかった言葉を途中で呑み込むことができたのは、これが、磯村露風の作戦であるとすぐにわかったからである。

ありもしない約束のことを口にして、試合の最中に、文七が自分の味方をするのだと、姫川源三に思い込ませる。いや、姫川源三は、それだけで、思い込みはしないだろう。磯村露風の戦略だとわかるだろう。

だが、姫川源三の心に、ほんのわずか、さざ波をたてることはできるかもしれない。

もし、本当だったら――

そのさざ波が、試合の最中、姫川源三の判断を、わずかに遅らせるかもしれない。それが、十分の一秒、いや、百分の一秒であっても、その遅れが試合の結果を分けることもあるであろう。

試合の展開によっては、この言葉が後で生きてくることだってあり得る。

何しろ、この試合ルールでは、文七を凶器として利用してもいいのだ。文七を担ぎあげ、文七の身体を、相手に投げつけてもいいのだ。もちろん、それができたらの話だが。

「あれ、ぼくと同じような約束を、丹波くん、磯村さんともしたのかな――」

これを言ったのは、姫川源三である。

「どんな?」

磯村露風が訊く。

「試合中、なにげに、磯村先生の後ろに回って、先生を羽交締め(はがいじめ)にしてくれるって――」

姫川源三は、笑っている。

その笑みが、人なつこい。

姫川源三が口にしたことは、ありなのか。

もちろん、ありだ。

ルールは、それを禁じてはいない。

レフェリーを味方につけ、試合に協力させることも、ありと言えばありだ。

レフェリーに大金を積みあげて、そうしてもいいし、弱みを握って脅しをかけて、そうしてもいいことになる。

「やばいじゃん、それ――」

磯村露風がおどけてみせる。

文七は、無言だ。

どういう言葉を発しようと、どちらかにそれを利用されるとわかっているからだ。

「でも、菊式は見せてほしいなあ」

磯村露風が言う。

「もちろん、そのつもりだけど――」

姫川源三が言うと、

「行くよ」

磯村露風が動いた。

それまで静止していた風が、何かの加減でふいに動き出したような、そういう動きだ。

真っすぐに、姫川源三にむかった。

姫川源三も動いた。

その動きを見ていた観客が、小さく声をあげた。

その動きが、あまりに突飛だったからである。

姫川源三は、文七の身体の陰に、自分の身を隠したのであった。

文七が動く。

姫川源三が動く。

磯村露風が動く。

しかし、姫川源三は、常に、磯村露風から見て、文七の背後に隠れている。

明らかに、わざとだ。

「む」

文七は、姫川源三が、自分の陰に隠れることができぬよう動こうとするのだが、その動きに姫川源三が付いてくるのである。

「あちゃあ、そんな手を使ってきたの?」

磯村露風が言う。

本気で、文七は動いた。

大きく横に跳んで、ロープを背にした。

これで、姫川源三は文七の陰に隠れることができなくなった――と、そう見えた瞬間、姫川源三は、自ら文七の陰から出て、磯村露風に向かって疾（はし）ったのである。

姫川源三が、あくまで文七の動いた方向に動く――そう予想していた磯村露風が、姫川源三を追おうとしたタイミングに合わせた動きであった。

「シッ」

「シッ」

ふたりが、拳を出しあった。

いずれの拳も当らない。

分かれた。

分かれて、姫川源三は、再びリングの中央に出てきた文七の背後にすっと入り込んでいた。

文七が、横へ逃げようとしたその時――

姫川源三は、なんと、文七に攻撃を加えたのである。

右へ動こうとした文七の右足に、背後から自分の右足を引っ掛け、文七の右腕を取り、右肩に左手を当て、文七の上体を前かがみにさせて、横へ投げたのである。

かかった。

あたりまえだ。

まさか、試合をしている選手が、レフェリーに攻撃をかけてくるとは、誰も思っていないからだ。文七も思っていなかった。

文七は、バランスを崩した。

崩しながらも、先へ足を送って、倒れぬようにしようとした。

それを利用され、文七は身体を回された。

そこで、どんと肩で背を押された。

前へ身体が泳いでいた。

その先に、磯村露風がいる。

磯村露風は、文七の身体がぶつからぬよう、斜め左後方へ退がった。

文七の身体とぶつからぬためには、そう逃げるしかないという、そういう方向へ——

その時には、あらかじめ、磯村露風のその動きを予測していたかのように、もう、姫川源三は動いていた。

拳——

さっきと同様に、また、拳で顔を打ってゆくと見えたが、それは、一瞬であった。

姫川源三は、組みにいったのである。

磯村露風にしがみついた。

しがみついた時には、もう、足をからめていた。

ねじり倒した。

姫川源三が、上になった。

磯村露風が下だ。

磯村露風は、下から、姫川源三の腰に、両足を巻きつかせていた。

「取ったぜ」

姫川源三が言った。

その姫川源三の左の鼻の穴から、つうっと赤い筋が滑り出てきた。

その筋が、唇を伝い、顎を伝い、顎の先から、赤いものが、磯村露風の腹の上に滴った。

「当てそこねの肘にしては、結構血が出てるな」

下から、磯村露風が白い歯を見せた。

姫川源三が組んできた時、磯村露風が、肘を入れたのである。

それが、姫川源三の鼻頭を打ったのだ。

「さあ、どうしようかな」

言った時、姫川源三は、

ぶん、

という、空気の鳴る音を耳にした。

その時、凄い勢いで、自分の前に迫ってくるものがあった。

丹波文七の、右足の甲であった。

姫川源三は、両肘を持ちあげてそれを受けた。

受けきれなかった。

衝撃を、もろに受けていた。

上体をそらし、それと腕のクッションで衝撃を和らげはしたものの、姫川源三の上体は、斜め右後方に大きく傾いでいた。

館内が、大きくどよめいた。

磯村露風が、この間に、抜け出して立ちあがっていた。

姫川源三も立ちあがる。

ふたりが見合った、その間へ、ぬうっと丹波文七が割り込んできた。

「文句あるかい、姫川さん」

文七の凄みを帯びた低い声が、その太い唇の間から洩れてきた。

レフェリーは、獅子だ。

文七は、そう思った。

この試合においては、リング内には、レフェリーという猛獣がいる。

対戦者は、レフェリーに対して何をやってもいいが、このレフェリーの機嫌を損ねると、時に、対戦の一方、あるいは両方に襲いかかってくることもある。

それを、このふたりに教えておかねばならない。

「ないね」

姫川源三は言った。

「礼は言わないよ、丹波くん……」

背後から、磯村露風が声をかけてきた。

「あの後、ちょっとおもしろいことを考えてたんだけどね。それを邪魔されて、ボクは少し腹を立ててるんだよ」

会場内には、

「丹波、おまえがかわりにやれ！」

「三人で好きなようにやっていいぜ！」

そういう声が、幾つも飛んでいる。

松尾象山は、太い腕を組み、

「ひゅう」

と、唇を鳴らした。

巽真は、リングサイドからリングを見あげ、

「そりゃあ、やるだろうな……」

眼を細めて、そうつぶやいた。

文七は、無言で、退がった。

ふたりを睨む。

こんど、似たようなことが起こったら、それがどちらであろうと、このおれが相手をする——そういう眸であった。

姫川源三は、

「ふう……」

と、息を吐いて、頭を掻き、それから腰を沈めていた。

両手を軽く前に持ちあげる。

その姫川源三に向かって、すっ、すっと、磯村露風が歩き出した。

同じ速度で、姫川源三が退がる。

磯村露風が、追う。

その速度があがる。

姫川源三の背が、トップロープに触れた。

その瞬間を、磯村露風は、見逃さない。

残った距離をいっきに詰める。

右へ動いてゆく姫川源三へ、磯村露風がぶつかる。

ぶつかった——そう見えた。

その瞬間——

姫川源三が、前のめりになって、リングのキャンバスの上に、転がっていた。

相手のバランスを崩す達人、磯村露風にしかできない技だ。

何故、転がされたか——

それが、わからないといった顔で、姫川源三が首を持ちあげようとした時、もう、その上から、磯村露風が覆いかぶさってきたのであった。

マウントは、とられなかった。

姫川源三は、磯村露風の胴を、両脚で挟み、ガードポジションになったのである。

「お互い、照れるねえ。こんな格好するなんてね」

言い終えて笑った姫川源三の顔に、

ごつん、

と、磯村露風の右拳が打ち込まれた。

当ったのは、その一発だけだった。

すぐに、姫川源三が、磯村露風の身体を下から抱え込んだので、互いの身体が密着して、拳を打ち込むのに必要な距離が消滅してしまったのである。

上と下で、ふたりが抱き合うかたちになった。

顎を、姫川源三の胸にあて、上目遣いに姫川源三を見やり、

「気がついたんだけどさ」

磯村露風が言った。

「ひょっとして、今、わざと投げられたの?」

「うん」

姫川源三がうなずいた時、左右から、磯村露風の頭部を挟んでくるものがあった。姫川源三の手だった。

左の顳顬(こめかみ)を右手が、右の顳顬を左手が押さえた。

次の瞬間、衝撃波が、磯村露風の脳を襲った。

無寸雷神——

姫川源三の左右の掌から、ほとんど同時に、しかしわずかにタイミングをずらせて、寸勁が放たれたのである。

脳が、一瞬、揺れた。

姫川源三の左手が、下から磯村露風の顔面に当てられ、上に押された。

あっさりと、その頭部が上に持ちあげられた。

磯村露風は、朦朧としていた。

致命傷とならなかったのは、無寸雷神が放たれる瞬間、磯村露風が、首をねじったからだ。首は、左右から姫川源三の手によって挟まれているため、右にも左にも逃げられない。無理に、左右いずれかに力を入れると、それを利用される。

下は、姫川源三の胸があって逃げられない。

上へ逃がそうとしても、挟んだ両手はそのまま追ってくるだろう。

他にできることは、首をねじる——回転させることであった。

その回転が、姫川源三が放ってきた寸勁の力を何割か逃がしたのである。それが、ブラックアウトから磯村露風を救ったのだ。

しかし、脳は、軽いダメージを負っていた。

意識がはっきりしない。

その間に、左手を顔面にあてられ、下から頭部を持ちあげられたのだ。

しかし、なんという上手なやり方だ。

鼻と口を巧妙に塞いでいる。

ほとんど息ができない。

その時——

姫川源三が、遠くにあった右手を動かしたのがわかった。

これだけ、互いに身体を密着させていれば、肌の接触面から伝わってくる情報で、相手が、今、どういう動きをしようとしているのかがわかる。

今、姫川源三が、何かをやろうとしているのだ。

何かはわからない。

しかし、姫川源三が、今、自分に対して右手で攻撃を加えようとしているのだとはわかる。

脳の中に、わずかに残った意識が、危険を察知した。

来る⁉

来た。

喉に、衝撃があった。

何が起こったのか、攻撃を受けてからわかった。

姫川源三は、右手を拳に握り、親指一本を立て、その親指の先で、喉を突いてきたのである。

強烈。

喉をやられた。

咳込んだ。

痛い。

ＭＭＡでは禁じられている技だったか⁉

考えている時間はない。

とにかく、距離を――

両手を突っ張って、頭部を持ちあげる。

咳込みながら、逃げる。

逃げて、立ちあがる。

身体がふらつく。

左膝の裏に、強烈な蹴り。

ローキックだ。
腰が半分落ちる。
顔を、両肘でガードだ。
やられた。
下から、ごつんときた。
膝だ。
ガードに膝が当ったのだ。
いい膝だ。
うまい。
膝が、がくがくする。
大きく息をしながら、退がる。
まだ、頭は朦朧としたままだ。
どこだ、丹波——
おまえに助けてもらう。
そこか。
丹波文七が、右の方にいる。

そっちへ倒れ込む。

倒れた。

倒れながら、文七の右足の踵に軽く左手を触れて、ジーンズの裾を軽く——

倒れた磯村露風の上に、文七の身体が被さってくる。

まるで、姫川源三の攻撃から、おれを守ってくれるように。

怒るなよ、丹波。

これは偶然だからな。

さすがに、姫川源三が、攻撃をためらう。

丹波が起きあがる。

おれも、それに合わせて、起きあがる。丹波の陰に隠れるように。さっき、姫川源三がやったあれと一緒だ。

「一度だけ、見逃しておく」

丹波が、そう言って、横へ逃げる。

さっき、姫川源三が似たようなことをやったので、おれにもやらせて、それでバランスをとったつもりか。

甘い。

いいやつだが、甘いな、丹波。

しかし、その甘さに、おれは助けられた。

これで、軽い脳震盪(のうしんとう)なら、充分回復するくらいの時間は稼いだはずだ。

が――

あれ?

まだ、足元がふらつく。

おかしい。

これじゃ、さっきより悪いんじゃないか。

どうなってるんだ。

姫川源三が、距離を詰めてきた。

パンチも案外うまい。

組んだときのバランスも絶妙だ。

うまい。

抱きつく。

だが、抱きつくまでに、頭にいいやつをもらっちまった。

抱きついて、足をからめて、からめて、引いて、押して、押して、からめて――やっと倒れた。

これで、時間を稼ぐ。

ガードポジション――

あれ。

さっきと立場が逆になっただけで、これじゃおかしいんじゃないの。

せっかく立っておいて、また寝技だ。

そうか。

そうか。

おれは、やっと、ひとつのことに思いあたった。

「ね、なんかやったでしょ」

抱え込んだ姫川源三の頭部に向かって、囁いた。

「わかる？」

「やっとね」

「不知火だよ」

「いつやったの？」

「さあね」

姫川源三はとぼけた。
とんでもない親父だ。
この親父のことが、好きになった。
愛しくて、愛しくて、この親父の頭を、おれは抱き締めてやった。
いち、
に、
さん、
呼吸を計って、投げた。
どうだ。
寝技の投げ技だ。
上に乗ったやつを、投げて、おれの身体の厚みの分だけ、下に落としてやったのだ。
上と下が逆になる。
自然に、おれが、マウントをとることになった。
さっきやったのは、一発だけだ。
一回だけ、この親父の顔を叩かせてもらった。
その後は、やられっ放しだ。

こら、殴らせろ。

しかし——

馬鹿なことに、おれは、まるで素人の喧嘩のように、大きく拳を後ろに振りあげてしまった。

なんてとんまな攻撃をしかけるのか、このおれは——

あっという間に、ひっくりかえされてしまった。

5

おかしい。

文七は、そう思っている。

磯村露風の様子がだ。

足元が、ふらつきすぎている。

いったい、何があったのか。

答えは、ひとつだ。

姫川源三が、やったのだ。

不知火を。

だが、いつやったのか。

その見当がつかない。

やったとしたら——

あの時しか、思いうかばない。

左手で、姫川源三が下から磯村露風の顔面を押しあげた時——

やったとしたら、その時だけだ。

その時、左手に、何か隠し持つか、何かを塗っておいて、それで、磯村露風の唇やら頬やらに、それをこすりつけたのだ。

それを、磯村露風が舐めて——

しかし、手は、右であれ左であれ、試合前にぬぐっている。

手に、毒が塗られていた可能性は低い。

パンツの中にも、髪の中にも、隠せない。

身体もそうだ。

もしも、左手に薬だか毒だかを塗ったとしたら、リングに上ってからだ。

しかし、リングも、ロープも、きれいにぬぐわれている。

ならば、どこから、その毒を調達したのか。
姫川源三が、リングにあがってから、他に、何か、触れたものはないのか。
リング以外に⁉
あった。
文七は、それに、ようやく思い当った。
おれだ。
姫川源三は、おれに触れている。
おれを、投げた。
右手で、おれの右手を取り、その時、左手でおれの右肩を押して——
ああ、あの時だ。
それ以外にないではないか。
おれの右肩に、あらかじめ毒を塗っておいて、試合中に、その右肩に触れて——
しかし、いつ、おれの右肩に毒を仕込んだのか。
ああ——
あの時だ。
試合前、姫川源三の控室に行った。

あの時、何か、質問されたはずだ。

何だっけ。

思い出したぞ。

姫川源三は、このおれに、こう言ったはずだ。

「おやおや、丹波くん。Tシャツにジーンズ姿だけど、まさかその格好でレフェリーをやるのかい」

「ああ、やるよ」

おれは、そう答えた。

そうしたら、姫川源三は、右手を差し出してきた。

「よろしくたのむよ」

それで、おれは、右手で姫川源三の右手を握ったのだ。

その時、姫川源三が、左手でおれの右肩を、軽く、ぽんと叩いたのだ。その時、おれの右肩に毒を塗って、それを、試合中に、左手に付着させたのだ。

不知火のもとを――

それを、姫川源三は、寝技の体勢になった時、磯村露風の顔、口の周囲に塗ったのだ。

磯村露風は、そいつを汗とともに舐めることで、体内に入れてしまったのだ。

なんという男だ。

姫川源三——

卑怯とは思わない。

そもそもこの試合自体が、そういうことをやっても、事前に気づかれなければオーケイというルールで行なわれているのである。

これをわかっているのはおれだけだ、と文七は思う。

見ているほとんどの人間が、何が起こっているかを理解していない。

いや、姫川勉がいるか。

しかし、それ以外に、誰が今、リングで起こっていることを理解しているのか。

何か、おかしいことが今リングで起こっていて、姫川源三がそれを仕掛けたのであろうとは、松尾象山も、巽真も考えてはいるであろう。しかし、それをどうやって仕掛けたのかまでは、誰もわかっていないに違いない。

わかっているのは、この自分だけ——

レフェリーという立場にあったからこそ、見えたのだ。知ることができたのだ。

不知火——

あの隅田元丸も、これで負けたと耳にした。

磯村露風は？
負けていない。
少なくとも、まだ、今は――
あと、数秒後にやられるにしても。
ひっくり返された磯村露風の上に、姫川源三が乗ろうとしている。
リングの下から、関根音が、ぞくぞくするような笑みを浮かべてそれを眺めている。

6

やっちまったな――
と、磯村露風は思っている。
毒――菊式を仕掛けられたのだ。
たぶん、あの隅田元丸がやられたやつだ。
おそらく、やつの左手で、おれの顔と口を塞がれた時だ。
手に何か塗ってあったのだ。
あれほど注意したのに――

ああ、いや、あれほど注意したから、まだ自分は動くことができるのだろう。

もしも、隅田元丸がやられたのと同じように仕掛けられていたら、自分はもうとっくに動けなくなっていたはずだ。ならば、多少は、試合前におれがいちゃもんをつけたことは効果があったということか。

濡れたタオルでリングやロープを拭かせたり、姫川源三の手を拭かせたりしたことの効果もあったということであろう。

ひっくり返して、くるりと姫川が上になる。

くるりと自分が下になる。

通常ならば、逃げられる。

しかし、今は、自分の身体が通常通りでない。

ふらふらだ。

三半規管(さんはんきかん)がやられている。

しかし、まだ自分に意識があるということは、隅田よりもまだマシだってことだ。

考えてみれば、今、寝ていることも、そんなに悪い状態ではないということだ。

立って闘ったら、つまらないフェイントにひっかかって、たちまち顔面に打撃を当てられて、とりかえしのつかない状態になっていたろう。今は、いい状況とは言えないが、立っているより多少はマシな状況だろう。上に、姫川に乗っかられるまでは——

高速で、思考が動いている。

これだけ考えて、まだ、姫川のやつが乗っかってこないのだからな。しかし、おれは、考えているとは言っても、まともなことを考えているか。いる。そうだな。おれはまともだ。今、いいことを思いついたからだ。それが本当にまともな考え方かどうか。それを試す方法はある。やってみることだ。それ以外にない。もちろんおれはやってみることにした。

それは、もう一度、投げる——投げて、立つことだ。

しかし、さっきの手は使えない。

別の手を使う。

その別の手があるか。

ある。

なければやられてしまうからだ。

なくてもやる。

立って投げるよりはマシだろう。

立っていると、三半規管をやられているのでふらふらする。

しかし、寝ていれば、ふらふらしない。いや、ふらふらはしているにしても、背と、両足がマットについている感触で、なんとか自分の身体の感覚を保つことができる。

よし。

計画はできたのだ。

あとはそれを実行に移すだけだ。

ただ、どうやって実行に移すか、それが決まっていないだけだった。

ありったけのアドレナリンを出す。

姫川が上に乗っかり終える寸前、おれはそれを思いついていた。

立ちあがるために、もう一度、姫川を投げる方法を。

寝技の投げだ。

それには、まず姫川の股間をねらうことだ。

男の急所、睾丸を。

やつが乗っかり終える寸前、やつとおれとの間に、わずかな隙間が生じた。その隙間へ、おれは、右膝を浮かせてやった。ちょうど、やつは、おれをまたぐために、右足を開いていた。そこをねらってやったのである。

膝が、やつの股間を直撃。

もちろん、当りは浅い。
しかし、浅くていいのだ、これは。
少ない力でも。
想像した通りだった。
睾丸が、無い。
感触でわかる。
骨掛け——吊り鐘隠し。
睾丸を、腹の中へ押し込んで隠してしまう方法だ。
やつはそれをやっているのだ。
さすが、いい身だしなみをしている。
たとえ、こういう試合でなくても、骨掛けは男の身だしなみだからな。
おれだってやっている。
上にいる姫川源三が、にやりと笑った。
「悪いね」
そう言った。
悪くないよ、姫川くん。

きみはエラいよ。
おれだって、やってるからね。
しかし、今のは、別の仕掛けだ。
実は、今の膝で、震動を腹の中へ伝えたのだ。
次に、あんたの左肩を、軽く拳の下で打つ。
これで、尻に向かって、もうひとつの衝撃が伝わってゆく。
そこで、すかさず、あんたの腹に、ほら——
おれは、下から鋭く腰を浮かせてやった。
骨盤を少々開いてたわませ、恥骨を浮かせて、その恥骨であんたの下腹を打つ。
沖縄流の技術だよ。
ほら——
顔色が変ったよ。
何が起こったかは、もうわかっている。
睾丸が、外に出たんだろう。
吊り鐘落とし——
うまいもんだろう。

顔色でわかるよ。

それは、確かめられないし、この体勢からは、睾丸を打つことも握ることもできないけどね。

でも、きみが睾丸を守ろうとしているのはわかる。

睾丸は攻められないけれど、今のきみならもう一度投げることはできる。

投げるのは得意だからね。

こんどは、二拍子。

いち、
に、
ほら、投げた。

その勢いで、回転。

回転の勢いで、立ちあがる。

もちろん、よろけるけどね。

よろけたっていいんだ。

それが目的だから。

きみは、しがみついてくる。

おれを倒そうとしてね。
よろけながら、タイミングを計る。
よろり、
ここだ。
ロープに倒れかかった。
「くわっ」
おれは、投げた。
いや、投げたってもんじゃない。
安定してないから、みっともない格好だったけどね。
でも、投げた。
おれは、投げの達人だからね。
針だって、立たせることができる。
ってことは、針だって、投げることができるんだよ。
きみの身体を、ほんのちょっと浮かせてやる。
もつれた。
ロープのむこう側に落ちる。

頭から――
落ちた時、きみが下になるようには投げられない。
きみだって、もう、そのへんは計算しているだろう。
おれだって、考えてるよ。
落ちてみなければわからないけれど、その時、きみが下になってて欲しいなあって。
これは、もう、賭けだけどね。
こんな、プロレス、一度くらい、やってみたかったんだけどね。
気に入ってもらえたかい。
落ちた。
カメラマンもいない。
マットもない。
ただの床だ。
この床のことは、さっきからねらってたんだ。
落ちたら、マットよりダメージが大きいからさ。
きみだって、それは考えていたはずだろう。
でも、おれの方が先にやったんだ。

同体。

どっちが上でも下でもない。

ダメージは似たようなもんだ。

これで、多少、時間が稼げる。

さっきやられた不知火だけど、効き目は、薄いよね。いずれにしろ、たっぷり使えなかったろうからね。

たぶん、隅田くんの時よりは、薄い。

数分以上、効き続けるもんじゃないんだろう。

その時間を稼ぐ作戦だよ。

あと、一分ほどかね。

少し、おれの動きももどってきたみたいだしね。

さあ、丹波。

試合をいったん中断して、おれたちをリングにもどすんだ。

それで、時間を稼ぐことができるからね。

エプロンサイドに立って、おれたちを見下ろしている丹波が見える。

さあ、丹波くん。

「続行！」

丹波が言った。

おれの耳が信じられなかった。

「そのまま試合続行っ！」

丹波がもう一度言う。

なんてこと言うの、丹波くん。

そうか――

こいつは、ただのレフェリーじゃない。

丹波文七だった。

おれだって、レフェリーをやってたら、こんな場合はそのまま試合続行だ。

丹波は、当然と言やあ当然のことをやっただけのことだ。

どうやって、時間を稼ぐ？

観客席の椅子の下に潜り込むか。

それがどんなにみっともなくたって、やる時はどんなことだってやらなきゃあならない。

しかし、姫川源三は、それをさせてくれなかった。

また、上に乗っかろうとしてきた。

発情した女みたいな奴だな、姫川。

エビで、逃げる。

しかし、捕らえられた。

いよいよやばい展開になってきた。

仰向けのおれを、上から覗き込んでいる顔がある。

何だ。

松尾象山じゃないか。

そうか、最前列に座っている松尾象山の足元まで、おれは転がったのか。

松尾象山の顔が、笑っている。

「磯村くん、世界征服、するんじゃなかったのかい」

松尾象山がつぶやいた。

何か言い返そうとしたのだが、それどころじゃなかった。

松尾象山の顔が、姫川源三の顔でふさがれた。姫川が、本格的におれの上にのっかってきたからである。

いよいよ、進退極まったというところだが、まだ、やれることはある。

さっきと似たような状態ではあったが、少しだけ違っているところがあった。

それは、今、姫川源三の睾丸が、外に出ているということである。それは、わずかな違いではあっても、大きな違いと言うことができた。

姫川源三が、パンチを打ち下ろしてくる前に、やれることが、さっきよりはひとつ増えていた。

それは、姫川源三の股間を、攻撃することであった。

上になった姫川源三の拳が落ちてくる寸前、おれは、奴と自分との身体の間に右手を潜り込ませた。

おれが何をしようとしているか、姫川源三にはすぐにわかったはずだ。わかってもらわなくちゃ困る。わかるようにやったのだから。

立っていたら、こんなふらふらした状態で、相手のきんたまを蹴ることなど、まずできない。しかし、寝技であれば、睾丸に手を伸ばし、摑んで、握り潰してやるくらいのことはできるのだ。

姫川源三の拳が、途中で止まった。

やばい拳だった。

でかくて、石のように固そうな拳だった。右手で奴の睾丸をねらったので、おれの頭の右半分ががら空きになった。そこに、あのでかい拳を叩き込まれたら、とんでもないことになっていただろう。

しかし、いくら相手を殴るチャンスがあっても、股間のきんたまを握り潰されるかもしれない状況を、そのまま見過ごすわけにはいかない。男ならみんなそうだ。

姫川源三は、拳を止めて、上から身体をおれに密着させてきた。

股間に届く前に、互いの腹の間におれの拳をはさんで止めにきたのだ。

はさまれた。

あ――

しまった。

こうなってみると、おれは、右腕の自由を失った分、不利になったことになる。

おれは、右腕を強引にひき抜いた。

奥へ潜り込ませることはできなくとも、そのくらいはできるのだ。

いいな、寝技は。

しかし、おもしろい奴だ、姫川源三。

丹波を使ったり、あの手この手で仕掛けてくる。

たいしたタマだ。

実力も凄い。

不知火だったっけ。
そんなもん使わなくたって、誰とだって十分やりあえる力を持っている。
だが、あんたには致命的な欠点がある。
それは、その身体だ。
さっき、おれは見たよ。
おれだけじゃない、みんなが見た。
松尾象山も、巽真も、丹波文七も、そして観客みんなが見た。
その身体を。
なんだ、その身体は。
ゆるんでいる。
アスリートの身体じゃない。
どう見たって、五〇歳前後の親父の腹だ。
いや、普通の五〇歳よりは、十分にマシな身体だよ。
しかし、日常的に鍛えることをしてない身体だ。
毎日毎日毎日毎日、稽古をしてきた身体じゃない。
だから、もう、息があがりかけている。

菊式を使うやつは、みんなそうなのか。
毒を使うから、身体を鍛えなくていいと思ってるのか。
そうじゃないよなあ。
あんたの息子の姫川勉は、きちんと身体を作っているからな。
聞いているよ。
あんた、東製薬を出たんだろう。
それで、紀伊半島のどこかで、女と暮らしてたんだろう。
ヤクザの女と。
それで、よかったんだろう。
それで、よかったんだよな。
そういう生活で。
そういう幸せで。
それで、その女のことで、こんなことに巻き込まれちまったんだろう?
知ってるぜ。
女を人質にとられたんだってな。
それで、この試合に出てきたっていうことなんだろう。

よっぽど、その女のあそこの具合がよかったのかい。

でも、その女、もともとは、別の男と逃げて、結局あんたんところへ転がり込んだらしいじゃないか。

たぶん、惚れたというよりは、誰でもよかったんじゃないか。

あんたも、女も。

あんたの方は、一度はやっちまった女に、義理だてしているところが、多少はあるんじゃないのかい。関わってしまった女に対して、責任をとろうってことなんだろうな。

偉いよ。

おれにはできないね。

しかし、この勝負に手心を加えようっていうつもりはないよ。

あんたにはあんたの事情がある。

おれにはおれの事情がある。

おれで言えば、別に事情なんてなくたって、こうして勝負ってことになれば、手はぬかないからな。

たとえ、相手が、病気のおふくろだって、おれは、こういうことでは手をぬかないんだよ。

あんただってそうだろうよ。

それで、おれはわかっちまった。

あんたには、スタミナがないってことにね。

もう、息があがってる。

当然だな。

もちろん、おれは、そのことを利用させてもらうよ。

あんたのスタミナを奪う。

上になっているあんたの息遣いが、届いてくる。

肺が鳴っている。

そりゃあ、そこらにいる、同年代の人間よりはマシさ。それにさ、このことが決まってから、多少の稽古はしたよな。今日に合わせて、身体を作ろうとしたんだろう。

そのくらいは、わかる。

あんたは、スタミナのことさえ別にすれば、たいした実力の持ち主だよ。

しかし、ここまでだ。

もう、おれのふらふらが、だいぶ、おさまってきたのがわかる。

筋肉が、おれの筋肉になってきた。

下から、おれは、姫川源三の頭部を両手ではさむ。
こうだったっけな。
よいしょっ。
おれは、それをやった。
無寸雷神――
原理さえわかれば、おれにだってできるんだ。
微妙な力、その角度、タイミング――それはまさに、ヤマト流の根幹だからだ。
あんたの技だ。
どうだい。
脳を揺らしてやった。
あんたほどじゃないが、まずまずだろう。
しかし、さすがに、自分の技じゃ、やられないよな。
さっき、おれがやったみたいに、頭を回転させて、力を逃がした。
けれど、多少は効いている。
おれは、立ちあがる。
もう、あえて寝技にはいかない。

ようやく、力がもどってきたからだ。
そして、もうひとつ、思いついたことがあったからだ。
姫川源三も立ちあがる。
「真似されたかわりに、あんたのやり方で逃げさせてもらったよ」
姫川源三が言った。
だが。
無寸雷神――
これで、この技は、世間に公開されてしまったことになる。
知らない奴には効いても、今、これを見た人間には、使えなくなる。
たとえば、丹波文七には。
たとえば、松尾象山には。
たとえば、巽真には。
そして、たぶん、関根音にも。
「気がついたよ……」
姫川源三が言った。
「何にだい」

おれは言ってやった。

「あんたが、おれを、今、わざと立たせたからだ。おれが立とうとした時、仕掛けてこなかった」

「へえ?」

「この床は、硬いからな。投げ技ひとつで、勝負がつくこともあるだろうってことさ」

「ばれちゃった?」

おれは、頭を掻いた。

まさに、その通りだった。

この床に、姫川源三を、頭から投げ落とす——それを、今思いついたのだ。

しかし、それを気づかれた。

「忘れてることがあるぜ」

姫川源三が言う。

「何をだい」

「この床に、頭から落とされたら、それがおれでなくあんたでも、致命傷になるってことだよ」

「ほんとだ」

そういう会話をしている間に、じわじわと、おれたちは近づきあっていた。

しかし、互いに、蹴りは出さないでいる。

もう、蹴りの間合に入っている。

次に、拳の間合に入った。

それでも、打ち合わない。

組んだ。

と言っても、柔道のように組んだのではない。

互いに、上半身は裸体であり、掴むべき襟も、掴むべき袖もなかったからだ。

アマレスのように、相手の頭の後ろへ片手を回し、引きあう。

と——

いきなり、姫川源三が、おれの顔に額をぶつけてきた。

頭突きだ。

おれは、それを予期していた。

いち、
ひと拍子で頭突きをかわしながら、おれは体(たい)を開き、姫川源三の攻撃を横へ逃がし、投げていた。

姫川源三を――
プロレスのリングなら、場合によっては軟らかいマットが敷いてあることもある。
しかし、ここはただの床だ。
コンクリートの上に、木の板を張っただけのものだ。
そこへ、頭から――
仰向けに倒れてゆく姫川源三の顔を、おれの右手が真上から押さえている。
後頭部から、姫川源三の頭が落ちてゆく。
姫川源三の体重と、おれの体重、そして速度。
やばいぞ、これは。
頭蓋骨が、割れるな。
割れたら、死ぬかもな、姫川源三。
殺したくはない。
あたりまえだ。
しかし、死ぬような技を、今、おれは姫川源三にかけている。死んでもしかたがないと
も思っている。
いや、そこまで細かいことは考えていない。いや、考えていないとおれは今考えている

わけなのだが、とにかく、こういう時は、一瞬の間に、様々な感情が、脳内に無数の薄い刃物が煌めくように光る。

瞬間のことだ。

考えたというのは当っていない。

脳が、闇の中で、閃光を放つ。

そこに、このわずかな瞬間だけ、様々な感情が見える。それだけのことだ。考えていたかどうかなど、わかるだけの間も余裕もない。

その光景が見え、次の瞬間には、もう、磯村露風は、自分の脳の中にそんな感情が見えたことすら忘れている。

姫川源三の右腕はおれが抱え込んでいるから、右腕で受け身はとれない。左腕は、フリーだ。

肩から落ちた。

両肩が、同時に。

次に後頭部が床に接触する。

その瞬間――

ぐちゃっ、

という音が、おれの右掌に伝わってきた。
死なない。
そういう音だ。
何が起こったのかはわかっていた。
姫川源三は、宙で、左手を自分の頭の下に入れたのだ。
それで、衝撃を殺したのだ。

7

文七は、それを見ていた。
姫川源三の頭部が、床に叩きつけられるのを。
しかも、磯村露風の右手が、姫川源三の顔を上から押さえていた。
死んだ⁉
一瞬、そう思った。
しかし、姫川源三は死んでいなかった。
左手で、自分の頭部を庇（かば）ったのだ。

しかし、衝撃は十分に脳に伝わったはずだ。
姫川源三と磯村露風が、次の動きに移ったのは、同時と言っていい。
姫川源三は、下から抜け出そうとした。磯村露風は、それを押さえ込もうとした。
しかし、姫川源三の動きの方が鈍い。
あたりまえだ。
脳にダメージがある。
軽い脳震盪状態にあるのだ。
抜け出すのを、遮られた。
磯村露風が、姫川源三に上半身を密着させながら、体重を移動してゆく。
それに、姫川源三が抵抗する。
姫川源三の上体が、磯村露風の下から抜け出る——かと見えたその瞬間であった。
「あぎゃっ」
という声が、姫川源三の口から洩れ出ていた。
何が起こったのか。
文七は見ていた。
磯村露風が、わざと隙を作ったのだ。

自分の下から、抜け出ることができるように、餌を撒いたのだ。

その餌に、姫川源三が喰いついたのだ。

姫川源三が両脚を一瞬開き、逃げることのできる方向へ、身体を移動させようとしたその時——

磯村露風の右膝が、姫川源三の両脚の間に入り込んで、
ずん、
と、押し潰すように、姫川源三の股間に膝頭をあてたのだ。

睾丸が、潰れた。

そうでなければ、人は、あのような声をあげない。

その時、駆け抜けた痛みを、体感したように、ぞくりと、文七の肛門が縮みあがった。

脳を揺らされてなければ、飛びつくはずのない餌であった。

脳震盪の後で、まだ意識が十分に覚醒していなかったから、その餌にひっかかったのだ。

が——

信じられないことが、おこった。

「あぎゃっ」

「おぎゃっ」

「えぎゃっ」

声をあげながら、姫川源三が起きあがってきたのである。

磯村露風が、睾丸を膝で潰しにいったかたちが、逆に隙になったのだ。

しかし、まだ、磯村露風は、姫川源三の腰にしがみついて、相手を倒そうとしていた。

それでも姫川源三が倒れないのは、リングのエプロンに、背を預けているからだ。

激痛のあまりに、力が抜けるより、やろうと思っていた動きに、通常以上の筋力が働いた結果であろう。

アドレナリンと、エンドルフィンが、わずかな時間に、大量に脳内に生じたのだ。

そんなのは、しかし、一瞬のことだ。

すぐに、現実が勝つ。

もって、二秒か、三秒か。

しかし――

姫川源三は、さらに動いた。

からんでくる磯村露風というロープをねじ切るようにして振りほどき、立ち、なんと、磯村露風の腹に、左膝をぶち込んでいた。

文七は見た。

立った姫川源三の右脚の太股の内側を這うものを。

それは、トランクスの内側から這い出てきたものだ。

赤黒い、どろりとしたもの。

何か?

想像したくないものだ。

歯を喰い縛った姫川源三の表情は、鬼であった。

しかし、その顔からは、血の気が引いている。

顔が青くなっている。

眼が吊りあがっている。

あまりの痛みに襲われると、肌の色が白くなって、吐き気を催す――それを、文七は知っていた。

あれが、今、姫川源三を襲っているのであろう。

文七が近づいた時――

いきなり、姫川源三が、文七にしがみついてきた。

振りほどこうとしたが、振りほどけなかった。凄い力で、首を抱え込まれていたためばかりではない。やれるかどうかであれば、振りほどいて、しばらく前に宣言した通り、その顔へ拳をめり込ませてやることだってできたのだ。

それをしなかったのは、

「文七、頼む……」

そういう姫川源三の声がしたからだ。

「女を、助けてくれ」

それで、文七は、やろうとした動きをためらったのだ。

姫川源三の背後から、磯村露風が、姫川源三の頭部へ、肘を入れてきた。

姫川源三が、磯村露風に向きなおる。

ついいままで青白かったその頬に、血の色がもどってきていた。

「やるじゃないの、磯村くん……」

姫川源三が、にいっと嗤った。

凄まじい笑みだった。

「あんたもね」

磯村露風は言った。

「しゃあっ！」

「ちいいっ！」

ふたつの肉体が動き出した。
あり得ない。
睾丸を潰された姫川源三が、どうしてここまで動けるのか。
文七に思いあたることはひとつだ。
どこかの段階で、姫川源三が、菊式をやったということだ。
おそらく、相手にではなく、自らに。
どこかに、痛みを無効にする薬を仕込んでおいて、それを舐めたか。
口の中か。
奥歯のひとつが義歯になっていて、そこに、そういう薬を仕込んでいたのか。
それを、舐めたのは、睾丸を潰される前か、やられてからか。
あるいは、吊り鐘隠しを破られた時か——
だが。
その薬の効果は、ずっと続くものではないのであろう。
それは、わかる。
何故かと言えば、今、目の前で、急速に姫川源三の動きが鈍ってきているからだ。
必死で動いているのがわかる。

再び、痛みが姫川源三の肉体を襲っているのがわかる。

ころん、
と、投げられた。

真上から、姫川源三の顔に、磯村露風の右足が踏み下ろされる。

それを、姫川源三が、腕で庇う。

それを、見越していたように、磯村露風の右足が、途中で軌道を変え、腹にぶち込まれた。

「おげっ」

と、姫川源三が、胃液を吐く。

顔のガードがあいた。

そこへ、左足が踏み下ろされる。

一度。

二度。

三度。

血まみれの歯が飛んだ。

その歯が、文七の想像した義歯であったのかどうか、今は確認している時ではない。

磯村露風が、その攻撃に、わずかの間をあけた。
姫川源三が、必死で上体を起こす。
その背後に、磯村露風がまわった。片膝を突き、姫川源三の頸に、右腕を巻きつけた。
裸絞めだ。
ぴったりと、決まっていた。
姫川源三の眼が、虚空を睨んだ。
頸動脈を絞めて、脳への血を止める技だ。
痛みなら我慢ができる。
しかし、これは、我慢できる技ではない。
脳へ血がゆかなくなれば、自然にブラックアウトして、意識が消える。
そういう技だ。
もがいていた姫川源三の身体の動きが、ゆるやかになった。
天井を見あげていた眼が、とろん、となって、光を失った。
落ちた。
止めよう。
文七はそう思った。

もう、勝負はついた。

姫川源三の身体は、弛緩している。

しかし、磯村露風は文七を見あげ、首を左右に振った。

さらに、十秒、二十秒、三十秒――

これ以上は危険だ。

文七が、磯村露風の勝利を宣言して、止めに入ろうとしたその時――

磯村露風が、技を解いて、後方へ退がった。

その瞬間だった。

上体を後方へねじりざま、姫川源三の身体が動いた。

後方へ向きざま、退がろうとした磯村露風の顔面に、右手を伸ばしてきた。

指先が、伸びていた。

磯村露風の眼を抉ろうとしたのだ。

それを予期していたように、磯村露風は、その攻撃をかわしていた。

片膝を突いたまま、磯村露風は、姫川源三の左の顳顬に、右肘をあてて振りぬいていた。

がくん、
と、姫川源三の頭部が、横へ曲がった。

そのまま、頭から、姫川源三は床へ倒れ込んだ。
ごつん、
という、音がした。
それきり、姫川源三は動かなくなった。

六章　菊式秘聞帳

1

姫川源三は、パイプ椅子に座って、両肘を両膝の上にのせ、両手を組んでいる。

両肩に、タオルが掛かっている。

その背後に、姫川勉が立っている。

ふたりの前に立っているのは、岩田恵太郎であった。

天人会の会長である。

川村(かわむら)美沙子を囲っていた人物である。

美沙子は、岩田の車の運転手をしていた久保田という男と逃げ、逃げた先で姫川源三と出会い、ふたりで東京まで逃げてきたが、美沙子は天人会の人間に見つかって捕らえられた。

その美沙子のために、姫川源三は闘人市場で闘い、負けた。

岩田から、ほんのちょっと離れたところに立っているのが、土方元である。

姫川源三の控室――

ここにいるのは、その四人だけだ。

土方元は、左手に木製の杖を握っている。
仕込み杖だ。
何人か人を斬ったことのある刃物が、その中に納められている。
そのことを、ここにいる四人全員が知っている。
「おれに恥をかかせたな……」
岩田が言った。
「けっこうやれるかと思ったんだがね……」
姫川源三がつぶやく。
陽気に言おうとしたらしいその声が、細い。
顔色も青い。
その顔のあちこちが、内出血して、赤紫色にふくれあがっている。
姫川源三の右脚の太股から脹脛にかけて、血の這った跡がある。
潰された睾丸が、這い出てきた跡だ。
タオルでぬぐったのだが、ぬぐいきれていないのだ。
一刻も早く、医者に行かねばならない状況であった。
本来なら、救急車を、横になって待っていなければならない。

睾丸を潰され、全身に打撲を受け、顔を打たれ、さらに、後半は、義歯に隠した〝不死葛〟を使った。

薬の力で無理やり限界を超えて稼働させた筋肉に負荷がかかりすぎて、あちこちで断裂しているはずだった。

「やるだけは、やった。あとはあんたが約束を守ってくれればいい……」

「約束？」

「川村美沙子を自由にする約束だ」

「約束はしていない」

「闘人市場で試合をしたら、自由にすると言ったはずだ」

「勝ったらだ」

「勝っても、負けてもと言ったはずだ。おれは、もう、五〇だよ。稽古もしていない。幾つか仕込んでいたのが、磯村のおかげで半分も使えなくなった。あの磯村ってのは、たいした奴だよ――」

「そんなのは、どうだっていい」

「ふん――」

「何で、死ななかったんだ」

「それは、あっちに訊いてくれ。なんで殺さなかったのかとね」

「おまえが死んでいれば、なんとかおれの面目も立ったというのに……」

「なら、あんたが、土方におれを殺させればいい。そのかわり、女を自由にするんだな」

「おまえ、美沙子に惚れやがったか」

「さあね」

姫川源三が言った。

「おい、土方……」

そこまで岩田が口にした時、ドアにノックの音が響いた。

「なんだ」

岩田が不機嫌そうな声をあげた。

ドアが開いた。

丹波文七が、入ってきた。

その後ろに、松尾象山と女が続いた。

女は、川村美沙子だった。

色が白く、頬や頸の線が細い。

「な……」

そこまで言って、岩田は言葉をつまらせた。

女は、

「姫川さん……」

姫川源三に駆け寄った。

駆け寄ってきた女——美沙子の髪に左手を伸ばし、

「丹波、あんたが……」

姫川源三は、文七を見やった。

「駐車場の、関西ナンバーの黒いワンボックスカーだったよ。そこから連れ出した——」

文七は言った。

「み、見張りがふたり、いたはずだぞ⁉」

岩田の言葉に、太い笑みを浮かべたのは、松尾象山だった。

「そいつらなら、車の中で眠ってるよ」

右手で、左手の太い人差し指を、手の中に折り込むようにして鳴らした。

太い音がした。

「どうして、美沙子のいる場所がわかったんだ」

岩田が声をあげた。

「おれが、教えたんだよ……」

土方が、ぼそりと言った。

「ひ、土方、おまえ……」

「いけませんでしたか。岩田さんが、試合に出たら、女を渡すと言った現場に、おれもいましたので――」

「なに⁉」

「丹波が、女を受け取りに行きたいと言うので、教えたんですよ――」

「――」

「姫川が動けないんで、代わりをすることになったんだって、丹波が言ったんですよ。岩田の親父が約束したことだし、それでいいだろうと、おれも思って――」

土方が、真面目な顔で言った。

松尾象山が、前に出てくる。

「さすが、天人会の頭（てつぺん）に座る岩田さんだ。潔いねえ。人の上に立つ者はこうでなくちゃ。いい話だ。いったん口にしたことは守る。岩田さんの男の株も、これでぐんとあがったなあ」

松尾象山は、満面の笑みを浮かべ、岩田に歩み寄り、岩田の右手を握った。

「いや、ま、それは……」

「この松尾象山が、しっかり、見とどけたよ。うちの姫川も、親父さんが自由になったのを喜んでる。なあ――」

「はい」

姫川勉が微笑した。

目をあっちこっちに泳がせて、何が起こったのかを理解しようとしている岩田に、

「じゃ、岩田の親父、行きましょう。車までお送りしますよ」

土方元が、岩田の背を押した。

岩田が、歩き出す。

そのまま、岩田と土方元が出ていった。

ドアが閉まる。

岩田と土方の足音が小さくなって、消えた。

そこで、初めて、笑い声が湧きあがった。

松尾象山の笑い声が、一番大きく太かった。

「勉――」

姫川源三が、声をかけた。

「おまえ、このことはわかってたのか？」

「ええ。丹波さんから美沙子さんを連れ出しにゆくと聞かされていたので――」

「おれは、たぶん、負けたら生きていても殺されるかもしれないと思っていたんだよ。それで、試合中に、美沙子を頼むと、丹波くんに頼んだのだが……」

「それが、たまたま会場の駐車場にいたってわけだ。土方が教えてくれた時は、おれも驚いた……」

文七は言った。

「わたしは、丹波くんに頼まれてね。うちの姫川の身内が、たいへんなことになってるんじゃ、手伝わないわけにはいかんだろう。ただ、つまらなかったのは、車の中に、ふたりしか見張りがいなかったことだよ」

松尾象山の声は、明るい。

「それにね、下心があったからね」

「下心？」

姫川源三が問うと、

「須久根流の菊式だよ」

松尾象山は言った。

「――」

「姫川さん、あんた、菊式の秘伝書を持ってるんだって?」

松尾象山が、太い視線を姫川源三に送った時――

また、ドアがノックされた。

入ってきたのは、車椅子に乗った、道田薫であった。

車椅子を押しているのは、水島純一郎である。

その後ろから、土方元と東治三郎が入ってきた。

さらに、もうひとり、くたびれたコートを着た、もしゃもしゃ頭の宇田川論平もいた。

「会長を送った後、そこで、道田さんと、東さんに会ったんだよ。姫川さんの控室に行くっていうんでね。これは、行かなきゃ、だめだろう――」

土方が言う。

「わたしの方は、丹波さんに話があって、ずっとそこで待ってたんですが、岩田さんが出ていって、こんどはこのメンバーがやってきた。これはもう、くっついて入るしかないでしょう――」

宇田川論平は、髪がさらにくしゃくしゃになりそうな勢いで、頭を掻いた。

車椅子を停め、水島純一郎はパイプ椅子を持ってきて、それを開いて、東治三郎の前に置いた。

年齢不詳——八〇歳から百歳まで、どの年齢でも通るくらいに老けて見える。

東治三郎が、その椅子に腰を下ろした。

和装である。

袴に、紋付を着ている。

以前に、文七は大阪で会っているが、妖怪のような印象はここでも変らない。

妖気の如きものを身に纏っている。

「東治三郎さんがね、どうしても今日の試合を観たいとおっしゃるのでね、御招待させていただいた……」

道田薫が言った。

東治三郎は、無言である。

皺の中に埋もれた眼を、凝っと姫川源三に向けている。

かつて、十代半ばの頃、ブラジルに渡って、前田光世から、須久根流の秘伝書を取りもどしてきた人物である。

生ける伝説と言っていい。

そのおり、治三郎は前田光世と闘っている。結果、治三郎は前田光世に勝利したのだが、その時、〝菊式〟を使ったとも言われている。

試合前、治三郎は、この控室を訪れ、源三に会っている。

そのおり、治三郎は、

〝菊の花の咲くところを見せてくれ〟

源三にそう告げている。

「試合後、東先生──治三郎さんが、姫川源三さんにもう一度会いたいとおっしゃるので
ね、こうして、お連れ申しあげた──」

道田薫の口調は、あくまで丁寧である。

東治三郎が、どういう人物であるか、承知しているらしい。

「手ぬるいな……」

治三郎が、ふいに言った。

沼の底で、泥が煮えるような声であった。

「かたばみを使えば、勝てぬまでも、負けることはなかったのによ……」

「それは、一緒に死ねということですね」

源三が言う。

と──

くつ、くつ、くつ、くつ……

治三郎が低い声で笑った。

「試合前、勉に『菊式秘聞帳』のあり場所を言うておけと言うた意味がわかっていなかったということだな……」

「女ができましたので——」

けろりとした口調で、源三は言った。

その声には、まだ、張りが充分ではなかったが、伝えようとしたことは、それなりに伝わった。

治三郎は、女——美沙子を見、

「ふん……」

視線を源三にもどし、

「文子にそっくりじゃな……」

とつぶやいた。

文子——東文子のことだ。

治三郎が、正妻であった竜子の死後、他の女に生ませた娘を、自分の子として東家にむかえ入れた。

この娘が文子だ。

その文子と結婚したのが、姫川源三であった。姫川源三は、文子と結婚していったんは東の姓を名のったものの、勉が生まれて、後に東家を出てもとの姫川姓にもどっている。

つまり、文子は、姫川勉の母親ということになる。

「このわしが、前田光世と闘(たたこ)うた時は、離桜(リオウ)を使った。闘いの前、火が燃えていて、その煙がちょうど、前田の方に流れていたのでな、離桜を焼(く)べたのだ。その時でも、わしは、かたばみを使う用意はしていたのだ。幸いに、使わずにすんだがな……」

治三郎は、昔を思い出そうとするように、遠い目をした。

かたばみ――

治三郎と姫川源三の会話によれば、どうやらこれは、仕掛けた方も仕掛けられた方も、死ぬことになる技――毒の使いかたであるらしい。

「啖水(タンスイ)は、水や食い物の中に、毒を盛る技だ。これを仕掛けられると、暗示にかかりやすくなる。どうせ、もう、見当をつけている者も多いはずだろうから、わしの口から言うておく。相手を殺すことよりも、勝つための技だな。まあ、そのくらいは言うてもよかろう――」

治三郎は、松尾象山の反応をうかがいながら言った。

「どうせ、薬の作り方がわからなければ、真似のしようもないからな」

「今日、使ったのは？」

文七が訊く。

その問いに、口を開いたのは、治三郎ではなく、姫川源三であった。

「不知火(しらぬい)──自らの身体、たとえば手などにあらかじめ薬を塗っておき、その手で相手の顔に触れたり、押さえたりする。あるいは、試合場のどこかに──今夜のことで言えばたとえばロープなどにその薬を塗っておいて、そこへ相手の傷口や粘膜を触れさせる。そこから毒が入って、相手の神経を麻痺させる……」

「それが、今回は、おれの身体だったってわけだ──」

文七が、姫川源三を見る。

「あんたが控室に来た時、同じ姿でレフェリングをするって言ってたんでね、利用させてもらった……」

姫川源三が答える。

その声に、申しわけなかった、という響きはなかった。

「もう少し、うまくやるべきだったかな……」

文七の視線を受けて、姫川源三は、唇の端をちょっとだけ持ちあげた。

2

「源三よ……」

と、東治三郎が、その場の空気をもとにもどすように言った。

「わしらと、おまえの間には、幾つか解決しておくべき問題がある……」

周囲を見回し、

「わしらの他に少し、人が多いのが気にいらぬが、この機会を逃がしたら、またおまえを捜さねばならなくなるかもしれぬ。逆に、人が多い方がよいとも思うのでな、ここで言うておきたい……」

「うかがいますよ」

「おまえが、勉を連れて、うちを出ていったいきさつは、おいておこう。それこそ、人前で話すことではないからな」

「そうですね」

「おまえが、東（あずま）を出てゆく時に、勉と一緒に持っていったもののことだ」

「菊式の『秘聞帳』のことですね」

「今は、江戸、明治の時代ではない……」

「というと？」

「おそらく、おまえは、自分の身の安全のために、あれを持っていったのであろうが、今は、江戸、明治の時代ではない……」

「──」

「法的には、あれが、どのようなかたちで世に出ようが、現在どういう問題もない──」

「ええ」

「問題なのは、風評だ。あれが世に出ることで、東製薬がゆらぐこと、それが問題なのだ。何しろ、あれは、〝菊〟の暗殺史といってもいいものだからな……」

「それも、毒殺……」

「うむ……」

「幕末にも、仕事を……」

「うむ」

「──」

「わが東が、おまえに含むものがないと言えば嘘になるが、それは、決して、おまえと勉の安全をおびやかすものではない。これは本当のところだ。このわしが、これだけの顔がそろうたところで口にする言葉だ。その重みはわかるであろう」

「ええ……」

「逆に、人が多い方がよいと言うたは、そういうことだ」

治三郎は、宇田川論平を睨み、

「菊式の使い方、作り方などが、あれには記されているが、そっちの方の興味ではないのであろうが――」

そう言った。

「はい――」

宇田川論平は、恐縮したように、ぼさぼさの頭を掻いた。

「興味があるのは、菊に関わる、毒による暗殺史が記された部分です。これを手に入れて、本にしたいと思ってました……」

「どうして、菊式のことを知った?」

「ブラジルですよ」

「ブラジル?」

「ガルシーア柔術ですよ」

「やはり――」

「どうやっておれの連絡先を調べたのか、ホセ・ラモス・ガルシーアから、このチンケな事件屋に、依頼があったんですよ。東製薬が持っている菊式の『秘聞帳』について調べてほしい。できれば、その現物を手に入れてほしいってね――」

「そういうことか」

「あっちじゃ、前田光世毒殺説が、いまだにありますからね。講道館の秘密の柔術の技を、前田光世がブラジル人に教えた。それに怒って、講道館の誰かが、前田光世を毒殺したってね。前田光世が、生前、柔術の秘伝書を持っていたことは、あっちじゃ知られています。死後、遺品の中に、それが見つからなかった。どうも、前田光世を毒殺した者が持ち帰ったのではないかと……」

「あれは、毒殺ではない。使いはしたが、離桜(リオウ)は、殺す技ではない。ただ、神経の働きを、ほんのちょっと、麻痺させるだけのものでね――」

「それが、欲しかったんですね。ホセ・ラモス・ガルシーアは」

「何故?」

「世界進出ですよ」

「というと？」

「柔術は、世界最強のシステムだと、ホセ・ラモス・ガルシーアは思っています。その柔術で、世界の格闘技界を統一したいと、ホセ・ラモス・ガルシーアは考えています。しかし、その時、心にひっかかっていたのが……」

「菊式というわけか」

「そうです。ブラジリアン柔術の祖とでも言うべき前田光世がやられた技――菊式の正体をつきとめることが、いざという時、世界進出に役立つであろうと――」

「なるほど――」

「日本へ来た時、ホセ・ラモス・ガルシーアに会いましたよ。今は、マカコと連絡をとりあってますけれどね――」

宇田川論平は、小さく肩をすくめてみせた。

「まあ、そういうわけだ」

治三郎は、そう言って、視線を姫川源三に移し、

「『秘聞帳』がどこにあるかを言うんだな。どこだ――」

そう問うた。

「ここですよ」

そう言って、自分の腹に手をあてたのは、姫川勉であった。

「試合前、親父からあずかって、ここに持っています――」

姫川勉は、スーツの上着のボタンをはずし、重ねていた裾を開いた。

「おう……」

治三郎が、声をあげた。

それは、姫川勉の、腹のところにあった。

それは、紺色の表紙の、古い、和綴じの書であった。

姫川勉は、その書を、ズボンの内側に入れ、ベルトを締めて、そこに固定していたのである。

「これですね」

姫川勉は、その書をズボンの内側からぬきとった。

その方へ、宇田川論平は、右手を伸ばしかけたが、姫川勉が前に出たため、宇田川論平の指先は、空を掻いただけであった。

姫川勉は、皆の前に立ち、その古い書を左手に持って、前に出した。

右手をポケットに入れ、何かを取り出した。

ライターだった。

ぽっ、
と、ライターに火が点けられた。
その炎が、その書『秘聞帳』に近づけられた。
『秘聞帳』に、火が点いた。
はじめは小さく――
やがて、だんだんとその炎が大きくなってゆく。
「ちょ、ちょっと……」
宇田川論平は、声をあげて、前に足を踏み出そうとした。
燃え出した『秘聞帳』が、姫川勉の手を離れて落ちた。
そこは、床に置いてあった、ブリキのバケツの中であった。
それを拾おうとする宇田川論平を、姫川勉が視線で制した。
「あちゃあ――」
宇田川論平の声が響いた。
やがて、火が消えた時、『秘聞帳』の全てが灰になっていた。
「ああ、もったいないなあ。この人、大事な日本史を灰にしちゃったよ……」
宇田川論平は、姫川勉を見、

「ね、でも、どこかにコピーくらいとってあるんじゃないの？」

そう言った。

姫川勉は、小さく首を振って、東治三郎を見、

「これで、いかがですか」

そう言った。

それまで、無言で炎を見つめていた東治三郎であったが、やがて、

「これでいい……」

ぼそりとつぶやいた。

そして、

「うん、これでいい」

さっきより、はっきりした声であった。

「もっと前から、こうすべきだったのだ」

治三郎は、源三を見た。

いくら、燃やしたと言っても、皆の前でそれをやらぬ限り、誰も信用しないであろうことは、想像がつく。

今、皆の前で、燃やしたことで、それが結論となった。

「それでい……」

姫川源三がつぶやいた時——

「ならば、ここで発表してもよいかね……」

そう言ったのは、道田薫であった。

皆の注目が、道田薫に移った。

「少し前に決まったのだが東製薬と、この道田がスポンサーになって、やらせてもらうことにしたよ」

「何をです？」

半分、拗ねたような声で、宇田川論平が訊いた。

「年内だ……」

道田薫が言った。

「年内って……」

「格闘技のイベントを開催させてもらうことにしたよ。団体の垣根をとっぱらい、団体とテレビとの契約問題も、全て、金で解決する。ここにいる誰にとっても悪い話じゃないようにするよ。それは約束する……」

七章　サルトビ

1

「金はない」

と、その漢（おとこ）は言った。

年のころなら、三〇代半ばといったところだ。

「すまん」

右眼をつむって、顔の前で右手を立ててみせた。

愛敬（あいきょう）がある。

開いている方の眼の上にある太い眉が持ちあがって、額に皺ができた。

眼尻が垂れている。いわゆる垂れ眼であった。

「カードは？」

と、頬に傷のある男が言った。

黒い上着を着ている。

「ない」

「名刺は？」

「ない」

「ケータイは?」

「ありません」

「調べてみてもいいかい」

「どうぞ」

漢は、両手を持ちあげて、バンザイの格好をした。

黒いベストを着た別の男が、漢の上着のポケットの全てと、ズボンのポケットの全てをさぐった。

何も出てこなかった。

「ね」

と、漢は笑ってみせた。

笑うと、眼がいよいよ垂れる。

「そんなことあるか」

「でも、持ってないのは持ってないんだからさ——」

「馬鹿にしてるのかい、あんた」

「してません」

「だって、金がないって言ったのに。男の人に無理やり引きずり込まれちゃって——」

漢のすぐ向こうでは、三〇代と思えるふたりの女が、しかめっ面をして、ノースリーブのワンピースから伸びた青白い腕を組んでいる。

「それにさあ、三時間で、六十八万円て、ちょっと高いんじゃないの。飲み放題、三〇〇〇円ちょうどって、あのお兄さん言ってたんだけどなあ——」

男の後ろで、苦りきった顔をしている若い男を見やって、その漢は言った。

「お客さん、それはビールの話。胡瓜つまんで、ピーナッツ食べて、女の子の胸揉んだり、色々やったら、それなりに覚悟してもらわないと——」

「でも、六十八万円はないと思うけどなあ——」

「三〇〇〇円だったら、払うって言ってるのかい」

「だから、ないって……」

「家に帰れなくなるよ」

「家、ないから——」

漢は、頭をごりごりと掻いた。

金がなくても、カードか、名刺か、ケータイか、そのどれかを持っていれば、男たちも金の取りたてようはある。一文も持っておらず、身分を証明するものも一切持っていないとなると、後は暴力しかないのだが、その暴力が脅しとして通じているのか、いないのか。

大阪——

地下にあるキッチュという名の店であった。

「おれ、ぼったくりバーに入っちゃったのかなあ——」

危機感の薄い声で、漢は言った。

店の中である。

他に客はいない。

客は、ただひとり、漢がいるだけだ。

脅したところで、漢が金はないと言えばそれまでだ。ケータイか名刺を持っていれば、素性がわかる。それを知られてしまっては、あとでどういう目に遭わされるかわからないから、それで、普通の客は落ちる。

しかし、どこの誰かがわからなければ——

後は、暴力しかない。

しかし、暴力をふるっておいて、一銭にもならず、病院だの救急車だのということになると、男としてはそれも困る。

天人会からバッヂを貰っている以上、なんらかのオトシマエはつけなくてはならないのだが――


「迷ってる?」

漢が言った。

「からかってるのかい、あんた」

「からかってませーん」

漢は、〝せ〟を伸ばして言った。

男は、その客の漢の胸ぐらを摑んだ。

「ちょ、ちょっと、やめてくださいよ」

漢は、頰に傷のある男の胸に両手をあてて、眉をおもいきり下げた。

泣いているように見える。

男が手を放す。

そこには、その客の漢の他に、四人の男がいた。

バーテン姿の、黒いベストを着た男。

同じく黒いベストに、黒い蝶ネクタイをした男。

このふたりは、若い。まだ二〇代の半ばにもなっていないであろう。

もうひとりは、この客の漢を店に連れてきた黒いスーツ姿の若い男。

そして、頬に傷のある男の四人である。

「じゃあ、払っちゃおうかなあ」

漢は言った。

「金は持ってないんじゃないのか」

「いや、持ってるんだ。ホントは――」

「六十八万？」

「いや、そんなにはないと思うんだけど。三〇〇〇円なら、たぶん……」

漢は、自分のくたびれた上着の内ポケットから、黒い財布を取り出して、開いた。

「なんだ、持ってるのか⁉」

男が覗き込むと、かなりの厚みの万札が入っている。

しかし、厚いといっても、多くて二〇万円ほどであろう。

さすがに、六十八万円は、財布にはない。

「いちまい、にまい……」

と、漢が数え出したのは、万札の方ではなく、その手前の千円札の方であった。

「さんまい……」

と数えて、漢は財布を閉じ、右手で内ポケットにもどしながら、左手に持った三〇〇〇円を、男に向かって差し出した。

「おい、まて、その財布見せてみろ」

頬傷の男が、漢の上着の内側に手を差し込んで、漢がしまったばかりの財布を取り出した。

「きさま、これはおれの財布じゃないか」

「へへ」

「さっき、おれが胸ぐらを摑んだ時に……」

「すみません」

漢がぺこりと頭を下げる。

「おい、完次（かんじ）」

頬傷の男が言うと、

「はい」

と答えたのは、このおかしな漢を店に連れてきた男だった。

「おまえが連れてきたんだ。おまえがこいつにオトシマエをつけさせろ。ここでやるなよ。外で好きにするんだな。責任はおまえがとるんだ……」

「わかりました」

漢をここへ連れ込んだ、黒いスーツの男——完次がうなずく。

肚をくった顔になっている。

「そんなあ、完次さん、かんべんして下さいよ。ねえ——」

すりよってきた漢の右の脛に向かって、

「うるせえ」

完次が靴の爪先で蹴りを入れてきた。

それがはずれて、爪先は壁を蹴った。

「うっ」

と、完次が呻く。

「だいじょうぶですか」

漢が言う。

「野郎！」

完次が、スーツの内側に右手を入れて、

「あれっ」

声をあげる。

漢が、

「どうしたんですか」

完次の左の肩口に右手を伸ばす。

「あ、これでしょう」

と、完次の肩口から手をもどすと、その手にナイフが握られていた。

まるで、完次の左の肩口から、そのナイフが出現したように見えた。

漢の手の中で、くるくるとナイフが躍る。

ばちん、
ばちん、
と音がして、漢の右手からナイフの刃が出現した。

バタフライナイフだった。

「あっ」

と、完次がひるみかけたところへ、

「はい」

と、漢がナイフを差し出した。

くるり、

とナイフが宙で一転して、漢がもう一度、ナイフを指でつまんだ。

漢の右手の人差し指と親指に、ナイフの刃がつままれていた。

「どうぞ」

漢が言った。

完次が、あっけにとられている。

「どうぞ」

漢がまた言った。

完次がおそるおそる右手を伸ばしてきた。

「あっ、危ない」

漢が言った瞬間、完次が伸ばしてきた右手の甲に、ナイフが刺さって、手の平の方まで突き抜けていた。

いったい、いつまたナイフの刃と柄を握りかえたのか。

「すべっちゃった」

漢は、言いながら、ナイフを手前に引いた。

完次の右手の人差し指と中指が長くなった。

「ぐわわっ」

「ほら、完次さん、今、おれのこと殺してやろうって思ったでしょう。だから、こわくて手がすべっちゃったじゃないの――」

完次が声をあげた。

完次は、左手で右手を押さえ、呻いている。

「あきまへんでえ」

漢が大阪弁で言った。

店が、騒然となった。

その時――

「何を騒いでいる……」

入口の方から声がした。

外から階段を下りてきたところにある、店のドアが開いていた。

そこに、ひとりの男が立っていた。

土方元であった。

「もめごとかい……」

のっそりと、土方が入ってきた。

よれたコートを着ていた。

左手に、杖を持っている。

木の杖だ。

土方は、店内をひと睨みして、舐めるようにひとりずつを見回してから、漢に目を止めた。

店内で、ただひとり、血に濡れたナイフを右手に握っている漢だ。

土方の前に、漢は立っていた。

〝あきまへんでえ〟

そう言って、ドアに向かって走り抜けようとしたその時、ドアが開いて土方が入ってきたのである。

それで、漢は足を止めたのだ。

そこに立ったのが、常人であったら、漢は逃げきっていたところだ。

しかし、土方は、常人ではない。

コートの上に、さらに纏っているものがある。

それは、妖気であった。

尋常でない気配が、土方という人間を包んでいるのである。

それが、何であるかと問われれば、妖気であると答えるしかない。

普通の人間が、纏わぬもの。

人を殺したことのある人間が、自然に身に纏うものであるといっていい。

「あんたが原因のようだな」

土方は、ここでどういうことがあったのか、理解したらしい。

「みたいだね……」

漢がうなずく。

土方元——

大阪天人会の用心棒のようなことをやっている人物だ。

用心棒というよりは、中国的な言い方をすれば〝客〟である。

主に仕えはするが、支配はされない。

その主が、自分の主たるにふさわしくないと思えば、自分で、好みの主を選ぶことができる。

それが〝客〟だ。

「土方さん——」

頬傷の男が声をかけた。

「一杯やりに来たんだが、そういう雰囲気じゃあなさそうだな」

「あ、土方さん、ね。ここ、ぼったくりバーですよ。安心して飲めませんよ」

漢が、さっそく今覚えたばかりの土方の名を口にした。

「知ってるよ」

土方は、薄い唇に、笑みを浮かべ、

「おれは、どこで飲む時だって、安心して飲んだことはないよ……」

そう言った。

「そういう人って、いますよね」

「これだけのことをしたんだ。あり金全部と、カード、免許証、みんな置いて、帰るんだな……」

「ないんですよ」

漢は言った。

「ないって言ったのに、そこの完次さんて人が、無理やりここに連れてきて……」

その言葉を遮って、

「加島(かしま)——」

と、土方は、頬傷の男に声をかけた。

「どうすればいい?」

「腕一本」

土方から、加島と呼ばれた、頬に傷のある男は言った。

「誰が行く？」

「わたしが行きます」

「わかった」

土方はうなずいた。

「行くって、どこへ？」

漢が訊く。

土方は答えない。

左手の杖を持ちあげて、左腰に留めた。

「わかった。刑務所だ。そうですよね。ね、土方さん」

土方は答えない。

じわり、
と、前に出る。

「わっ」

と、漢が退がる。

その後ろから、加島が漢にとびかかろうとしたその時——

「動くな」

土方が言った。

加島が、動きを止めた。

「誰も手を出すなよ……」

土方が、じわり、とまた前に出る。

土方と漢の間の空気が、緊張で歪む。

「ね、土方さん。相当やるでしょ」

漢が言う。

「かなりね」

「やっぱり」

「ふん」

「もう、土下座しても、許してもらえませんよね」

「——」

土方は、答えずに前に出る。

じわりとさらに土方が前に出てくる。

じわりと漠が退がる。

漠の額に、小さく汗が浮いている。

「ね、土方さん。あんた、人を殺したことあるでしょ」

漠が訊く。

土方は、答えない。

立ち止まり、浅く腰を落とす。

「やめとくんだな……」

土方がつぶやく。

「死ぬぞ」

「え、なんのこと？」

「おれが、腕一本をねらってゆくと思うなよ——」

「え？」

「腕をねらわれるのがわかっているからといって、腕一本犠牲にして、何かしようとしたら、その時は、首が飛ぶよってことだ」

「わかってますよ」

「何もしないで、おとなしく腕一本斬られる覚悟さえすれば、少なくとも、あんたの死に場所は、今日、ここじゃあないってことだ――」

「そのアドバイス、役にたたないんですけど……」

まだ、間合ではない。

刀を抜いたところで、その切先は相手に届かない距離に、ふたりは立っている。

しかし――

ぎらり、
と、土方は仕込み杖の刀を抜き放った。

「抜いておかないと、ひと呼吸おくれるからな」

ぼそりと土方は言った。

店内は、狭い。

カウンターがあり、テーブルがあり、椅子がある。

左手に仕込み杖の鞘を握って、右手で抜く――それだと、動きが限定されてしまう。

抜き打ちで斬る――抜きざまに左からゆくにしても、上からゆくにしても、右からの攻撃はない。

さらに言えば、鞘に手をかける動作で、一拍、抜く動作で一拍。

ふた呼吸かかる。

あらかじめ、抜いた剣を握っていれば、ひと呼吸でいい。

狭い店内で、剣を自由に振れないにしても、漢の方だって、自由に動けないのだ。

しかし、漢は、右手にナイフを握っている。

店の男が三人。

右手をやられた呼び込みの完次がいて、女がふたり——ふたりの女は、さすがに怯えた表情で店の奥に引っ込んでいる。

男三人と完次は、いつの間にか、カウンターの中に入って、土方と漢の様子を見守っている。

女たちの背後に、化粧室の扉はあるが、それは出口ではない。

漢が逃げるためには、土方の背後にある扉から出てゆくしかない。

「六〇〇〇円なら、靴の中に隠してるんだけど……」

漢はそう口にしたが、誰も、突っ込みを入れてくれる者はいなかった。

「なんか、やってるな、あんた……」

土方が言う。

「似たような臭いのするやつを、何人か知ってるよ……」

土方が、さらに距離をつめて前に出ようとした時——

漢と土方の間に、がたん、と音をたてて倒れ込んできたのは、椅子であった。

漢が、右足で引っかけて、椅子を倒したのだ。

カウンターの、脚の長い木製の椅子だ。

背もたれはない。

漢の右側がカウンターで、左側がボックス席だ。ボックス席の椅子は、ソファーで、低く、重い。爪先で引っかけて動かせるようなものではない。

これで、土方は、踏み込んで、いきなり斬りつけることはできなくなった。

突くこともできない。

それをやろうとすれば、隙ができる。

しかし、問題は、漢のやったことで、漢の逃げ道もまた、塞がれてしまったことだ。

単に、一対一の闘いではない。

土方が、手を出すなと言ったので、おとなしくカウンターの中に入った男たちが、いつでも動くことができるからだ。

カウンターの向こう側には、包丁もあればアイスピックもある。

それを投げろ、と、土方が言えば、男たちは、喜んでそうするだろう。刃物でなくてもいい。皿でも、コップでも、それを漢に向かって投げつければ、男が不利になるのはわかりきっている。

土方が、そうせよと言う必要もない。

男たちが、自分の意志でそうしても、結果は同じだ。

それにしても、土方は、どうして、男たちにそれをやるように命じないのか。

「土方さん、あんた、少し、変ってるよね」

漢は言った。

「勝負するのが、好きなんだ?」

「かなりね」

土方が、右手に握った剣を、片手上段に構えた。

左手には、まだ、鞘を握っている。

「あんたもだろう」

「ちょっと違うね」

「違うって?」

「勝負することじゃなくて、勝つことが好きなんだ」

「へえ――」

と、土方元が言った時、漢の右手首が動いた。

漢が、手首のスナップだけで、ナイフを土方に向かって投げたのだ。
きん、
と、ナイフが斜め下にはじき落とされる。
その時、下から浮きあがってきたものがあった。
木製の椅子だ。
漢が、左足の爪先を引っかけて、上に持ちあげたのだ。
そのままだと、土方にぶつかる。
「ちぇいっ!」
その椅子が、下から斜めに跳ねあがってきた剣で、両断された。
がらっ、
と、両断された椅子が、床に落ちる。
が、そのむこうに、もう、漢はいなかった。
漢は、ボックス席のテーブルの上を駆けていた。
土方の右横を、擦り抜けようとする。
土方が、剣を跳ねあげて男を追うには、剣の位置が悪かった。
剣の左右には、両断された椅子があったからだ。

漢を追う動きをするには、斜めに跳ねあげるのが最速なのだが、それだと椅子のかたわれが邪魔になる。

いったん剣を持ちあげて、椅子よりも、テーブルよりも切先を上にしてから、漢を追わねばならない。

それだと、ぎりぎりで、漢の背に届かない。

土方がやったのは、身体を左回りに回転させながら、左手に持った鞘で、漢の頭部を打つことであった。

ぴうっ、

と、鞘の先が空気を裂いた。

漢は、それを、両肘を合わせて受けた。

鞘が折れて、先が飛んで壁に当たって音をたてた。

漢は、しかし、逃げなかった。

逃げても、その先にはドアがある。

漢にできるのは、ドアを手前へ開くところまでだ。しかし、ドアを開いたところで、後ろから土方によって斬られてしまうであろう。

漢がやったのは、土方を攻撃することであった。

「ひゅっ」

と、漢の唇が鳴った。

漢の前蹴りが、土方の顔に向かって伸びた。

テーブルの上からの蹴りであるため、前蹴りが、顔に届くのである。

当たった。

浅い。

土方が、顔を引いたので、爪先が鼻の頭に当たっただけだ。

鼻血が出るほどのインパクトはない。

「ちゃっ」

土方が、右手に握った剣を振り下ろす。

蹴りに使った漢の左足が、脛のところから両断されるかと見えた。

「ちっ」

漢の左足は、土方の顔から離れ、まだ振り下ろしきれていない剣の柄を、横に払うように、斜め下から蹴っていた。

剣の軌道がそれる。

そのまま、漢は、テーブルの上に、仰向けに倒れ込んだ。

ストリートダンサーがやるように、テーブルの上で、漠は、両足を上にしたまま、肩で一回転した。剣の柄を蹴った動きが、そのまま、この回転運動につながっているのである。

距離が近い。

土方は、斬るよりも、剣の柄頭を、真上から、漠の顔に打ち下ろそうとした。

下から、漠の両手が伸びる。

剣の柄を握った右腕を、下から漠の両手が摑んでいた。

腕拉ぎ十字固め——

技に入りきれなかった。

土方は、持っていた刀から、右手を放していた。

「くわっ」

土方は、漠の両手から、右腕を引き抜いていた。

引き抜きながら、左手に持っていた鞘を打ち下ろした。

鞘の先三分の一は、折れている。

漠が、肘で受けて折ったのだ。

ただ肘で受けただけでは、折れるようなものではない。受けながら、逆に漠が肘で鞘を打っているのである。

その折れた鞘の先で、土方は、漢の手首を打ちにいったのである。
ぱあん、
という音がした。
土方が打ったのは、漢が右足に履いていたスニーカーの靴底であった。
テーブルから、漢が飛び降りる。
そこで、漢と土方の位置が入れかわっていた。
漢が、ドア側に立っていた。
この時にはもう、土方が剣を右手に拾っている。
「やべえ」
漢は、背を向けて走り出さなかった。
ドアに向かって走れば、背に刃を受けるのはわかっている。
漢は、両手にカウンター用の椅子を持っていた。
持っているのは、三本ある脚のうちの二本である。
構えた。
木製の椅子だ。
土方ならば、椅子くらいどうということはない。

剣を一閃させて、椅子ごと相手を斬ることもできる。

土方の眼が光っている。

土方が、左手に持っていた鞘を、がらりと床に落とした。

剣を両手で持って、青眼（せいがん）に構えた。

喧嘩屋のような剣を使う土方にとっては、珍しい。

「あらら、本気になっちゃったよ、この人――」

漢は言った。

漢が、ごくり、と唾を呑む。

ずいっ、
と、漢は前に出て、椅子の座面を前に送り出す動作をする。

しかし、実際には、椅子は引いている。引いたにもかかわらず、椅子が前に出てきたのは、漢が、椅子を引きながら前に出てきたからだ。

「ほっ」

「ちっ」

「むわっ」

声があがった。

どっちがどうあげた声であるかは、早すぎて判別ができない。
きらっ、
ぎらっ、
と、刃が光る。
漢が、さらに椅子で突くと見せ、右足で蹴りにいったのだ。いや、その蹴りもフェイントで、もう三度椅子で突きにいったのである。
それを、土方が受けた。
かっ、
と、土方の剣が、漢が手にした椅子の、木製の座面に喰い込んだ。
座面を斜めに断ち割り、刃が、漢の腕を落とすか、切先が額を割るか——
そう見えた時、
ぱきん、
と、音がして、土方の剣が折れていた。
剣が、座面を斬り下げてゆくその途中で、漢が、椅子をひねったのである。
それで、剣が折れたのだ。
漢は、ここで初めて、土方に背を向けた。

走った。

疾い。

たちまちドアに駆け寄り、ドアを開いて階段を駆け登ってゆく。

土方は、追わなかった。

足元に、折れた剣先を挟んだ椅子が、転がっていたからだ。

それを越えて追ったのでは、間に合わないとわかっていた。

漢は、そのまま地上に走り出て、駆けた。

走った。

漢が立ち止まったのは、たっぷり七分走ってからだった。

「あーあ……」

漢は、立ち止まり、足元を見た。

さっき、土方に向かってフェイントの蹴りを放った右足のスニーカー、その爪先が、きれいに切りとられ、指先がのぞいていたのである。

「やばい奴だったなあ……」

言った漢の額に、汗が浮いている。

「久しぶりに、汗かいちゃったよ」

ポケットから、財布を取り出した。

あの、頬傷の男の財布だった。

「よかった、この金で、東京へ行けるよ……」

漢は、ゆっくり歩き出した。

「明日、発表だからなあ……」

のんきな声で言った。

2

リングの上で、喘いでいるのは、大男の方であった。

身長は、二メートル以上――

体重、一三五キロ。

カイザー武藤であった。

相手は、身長一八三センチ。

体重は、一〇二キロ。

普通で考えれば、大きい。

ただ、カイザー武藤と比べれば、たっぷりふた回りか、それ以上小さい肉体である。

猿神跳魚(さるがみとびお)――

どちらも、拳にオープンフィンガーグローブを着けているのを見れば、これが、総合格闘技の試合とわかる。

四〇歳を過ぎているとはいえ、カイザー武藤の肉体は、圧倒的だ。

ただのプロレスラーではない。

総合格闘技――真剣勝負の試合を、すでに二戦、こなしているのである。

ブレーンバスター。

バック・ドロップ。

スープレックス。

四の字固め。

逆エビ固め。

チキン・ウィング・フェイスロック。

プロレス技の多くは、実際には、かかれば効く。

痛い。時に骨が折れ、時に死ぬ。

ただ、相手の協力がなければ、なかなか技として現実に使えないものが多いだけだ。

技をかける方は、なるべくダメージがないようにかける。受ける方が、受け身をとれるように間を置いたり、落とす角度を調整したりしているのである。

それを、カイザー武藤は、圧倒的な力をもって、本気でかけることができるのだ。

プロレスの試合中でも、相手が舐めたことをしてくると、いじわるをする。

相手が、約束通りにしなかったり、場合によっては、カイザー武藤を舐めて、本気の技をちょっと仕掛けてきたりすると、お仕置きをしてやるのだ。

相手の頭部を真上から掴む、イーグルボンバーという、カイザー武藤の技がある。

この時、相手の脳天を掌で叩いてやるのである。

これで、相手は脳震盪を起こす。

頭部を両手で掴み、全力で揺すってやったりもする。

倒れた相手の胸でも腹でも、踏んでやるだけでいい。

おもいきり、前蹴りを入れてやるだけでもいいのだ。

体重差がある時は、ガードなんか通用しない。やられた方は、後方へふっ飛ぶ。

さらに、巨体に似合わぬスピードがあり、ひと通りの関節技くらいはできる。

脇固めなどは、力まかせにかける。

上手に、脇固めをかけようが、力まかせにかけようが、極まれば痛い。

やられたら同じである。

だから、カイザー武藤は、日本、アメリカ、ヨーロッパを問わず、多くのレスラーから一目置かれているのである。

おまけに、プロレスのリングを熟知していて、何よりも一番こわいのは、平気で相手の骨を破壊できる心を持っていることだ。

そのカイザー武藤が、喘いでいるのである。

全身から、汗をかいているのである。

「うぉプ」

「うぉプ」

荒く呼吸しながら、カイザー武藤は、ロープを背にして、右へ回り込んでゆく。

それを、猿神が追ってゆく。

猿神が、走る。

「きゃホ」

猿神が、飛ぶ。

これを、カイザー武藤が、巨大な右手ではたき落とす。

うるさくまとわりつく、でかい虻を、追うような仕種だ。

猿神の身体が、マットの上にはたき落とされる。

カイザー武藤が走り寄り、上から、猿神を右足で踏み潰そうとする。

その右足に、猿神がしがみつく。

ねじる。

カイザー武藤が、よろけて、巨大な蛙のように、マットに俯せに倒れた。

その背に、猿神が飛びついた。

カイザー武藤の頸に、猿神の右腕が背後からからみつく。

裸絞め——頸動脈を絞める技だ。

さすがに、カイザー武藤は、顎を締めて、これをガードする。

猿神の腕が、カイザー武藤の顎を締める。これは、顎の骨を圧迫して、痛みを与える技だ。これをいやがって、じたばたすると、腕を顎の下に入れられて、本格的な頸動脈絞めになる。

もちろん、プロレスラーとは言え、カイザー武藤もそのくらいは百も承知している。なお、カイザー武藤の顎は、巨大で、骨も太い。常人よりは、ずっと顎は頑丈にできている。

むくり、
むくり、

と、カイザー武藤が、両手をつき、膝をつき、起きあがってくる。

一〇二キロある猿神を背に乗せたまま、立ちあがった。

凄まじい体力であった。

猿神は、両足をカイザーの胴にまわし、腹のあたりでクロスさせ、両足首をからめてロックする。

まだ、右腕は顎の下に入り込んでいない。

カイザーは、両手で、猿神の両足首をひとつずつ摑む。

知恵の輪を、力で外すように、自分の胴にからみついた足を、もぎりとってゆく。

はずれたか――

と見えたが、カイザーは、ふいに摑んでいた足首を放し、頭部にからみついている腕の方に、自分の手を持っていった。

足をはずそうとしている間に、半分、猿神の腕が、顎の下に潜りかけていたからである。

また、猿神の両足が、カイザーの胴にからみつく。

カイザーは、猿神の両手首を握ったまま、真後ろに向かって走った。

真後ろは、赤コーナーだ。

コーナーに、猿神の背をおもいきり叩きつけるつもりらしい。そうすると、一三五キロの、カイザーの体重がもろにかかる。

大きな音がして、リングが揺れた。

猿神の背は、コーナーにぶつからなかった。

カイザーの胴にからめていた足を解いて、両足を後方に伸ばし、下から二番目のロープに、その両足を乗せて、勢いを殺したのである。

ちょうど、コーナーにロープが連結されているその根元あたりに、猿神の両足が乗っている。

何が起こったのかを、カイザー武藤はすぐに理解した。

ならば、前に――

しかし、身体は前に出なかった。猿神が、今度は、ロープに爪先を引っかけて、カイザーが前に出るのを止めたのである。

このふたつのできごとによって、猿神の右腕が、カイザーの顎の下に潜り込んでいたのである。

入った。

しかも、きっちり。

もう、我慢も気力も関係ない。

どんなに力の強いやつでも、気力の充実している人間でも、頸動脈を締められ、脳に血が行かなくなったら、ブラックアウトするしかないのである。

数秒で、この技を解かねばならない。

カイザー武藤は、迷わなかった。

膝を折り、伸ばし、反動をつけて、身を右へ傾けた。

それでよかった。

それだけで、ふたりの身体は、トップロープを越えて、リング下に真っ逆さまに落ちたのである。

もつれあって、落ちた。

会場が、爆発したように沸いた。

落ちる時、猿神は、技を解いていた。

解かねば、落ちた時に、自分が下になるとわかったからである。

何千回、何万回と、ロープを越えて、カイザー武藤は落ちている。どうすれば、自分が上になり、相手が下になるか。その絶妙なバランスのとり方は、神がかり的だ。

もちろん、ルール上、わざとリング外に出てはいけないことになっている。

しかし、カイザー武藤が、わざとそうしたという証拠はない。

うまいやり方だった。
そして、リングの外では、闘いは続行されない。
カイザー武藤は、わざと、ゆっくり起きあがった。
頭を手で叩き、首を左右に振る。
腰に手をあて、背をかがめ、伸ばし、また頭を振る。
リング下に落ちた、自分の身体の調子を確かめている——そんな風に見える。
もちろん、カイザー武藤は、わざとやっている。
呼吸を整え、身体の回復をはかっているのである。
絶対に、相手が攻撃してこないことがわかっているから、余裕がある。
当然、レフェリーが、上から注意するまで、カイザー武藤はそれをやった。
東洋プロレスのリングだ。
プロレスファンも多い。
「汚ないぞ」
「早くリングにあがれ」
という野次もあるかわりに、
「休め——」

「もっと休んでいいぞ」

そういう声もある。

五分と五分だ。

すでに、猿神がもどっているリングに、カイザーが上る。

向きあう。

「ファイト」

レフェリーが、試合続行をうながす。

そこで、みごとに、一ラウンド終了のゴングが鳴ったのである。

にいっ、
と、カイザー武藤が嗤った。

リング下で休み、そして、二ラウンドが開始されるまでの一分。たっぷり休めるのがわかっているからだ。

その間に、呼吸がもとにもどることは、長い経験知で、充分にわかっていた。

3

発表は、東京であった。

場所は、後楽園ホール。

東洋プロレス主催で、大阪で総合格闘技の試合が行なわれる五日前であった。

東洋プロレスの興行が、その日、後楽園ホールであった。

全八試合。

五試合が終って、残りが三試合になった時、休憩となった。

この休憩時間、通常の名目は、リング調整のためのものである。試合でゆるんだ箇所を締めなおしたり、留めなおしたりする。かつて、テレビ中継時には、スポンサーの掃除機などで、マットを掃除する風景もよくあった。

生中継などの場合は、この時間を延ばしたり短くしたりして、放送時間の調整をしたりする。

観客としては、なくてもいい時間である。トイレに行きたければ、目当てにしていない試合の時などに、席を立ってゆけばいい。なまじ、休憩時間などがあると、トイレが混みあってたいへんなことになるからだ。

この時間は、実はスタッフがトイレにゆくための時間でもある。観客は好きな時に席を立てるが、スタッフ——特にアナウンサーなどは、そういうわけにはいかないからだ。時々、休む時間がないと、トイレに行く時間がなくなってしまう。

場合によっては、メインの試合の打ち合わせなどもしなくてはならない。

そして、次回の試合の宣伝などは、この休憩時間が終って、次の試合が始まる前、リング上で行なうことがしばしばある。

引退する選手のためのテンカウント・ゴングなどがあるのも、この時間帯だ。

その時は、大阪である総合格闘技の試合に出場するメンバーのうち、最後の選手の名前が発表されたのだ。

それまで、ずっと、カイザー武藤の相手となる選手の名前だけが、未発表であった。

こういうことは、よくある。

プロレスでも格闘技でも、試合のメンバーが、一度に全部発表されないことが、たびたびある。たとえ、あらかじめわかっていても、敢えて、試合や、出場選手の情報を小出しにしたりする。

時には、三回、四回と分けて発表したりする。

何故か。

それは、一度に発表すると、その時はマスコミは騒いでくれるが、それから試合まで、あつかいが小さくなってしまうからだ。

出場選手の名前をわざと伏せておいて、何回かに分けて発表すると、その都度マスコミが記事にしてくれる。興行を開催する方だってありがたいし、マスコミも、記事にすることができて、ありがたい――もちつもたれつという関係がそこにある。

今回の場合は、カイザー武藤の相手だけが、〝ミスターX〟とされて、ずっと発表がなされてこなかったのである。

その発表が、後楽園ホールであったのである。

六試合目の前――

リング調整がすんだ後、会場がいったん暗くなり、カイザー武藤の名前がコールされて、スポットライトを浴びながら、カイザー武藤が現われて、リング上に立った。

そこへ、リングアナウンサーが現われて、

「五日後、大阪で開催される試合の、カイザー武藤選手の相手が決まりました……」

スーツにネクタイ姿のカイザー武藤が、リング上に立っている。

派手な音楽が鳴り響き、ほどよいタイミングで、

「発表します！」

リングアナが、大きな声で言った。

会場が、一瞬、静まりかえった。

そこに、リングアナの声が響いた。

「葛城流忍者、猿神跳魚(さるがみとびお)!!」

暗かった会場に、スポットライトがいきなりあたった。

それは、西側のテラス席——立ち見用の二階席の一番前だ。

そこに、黒い野球帽を被(かぶ)った男が立っていた。

男は、手摺りを摑み、ひょい、と手摺りの上にジャンプして跳び乗った。

そこで、男はいきなりバクテンをした。

くるりと宙で男の身体が一転して、また、手摺りの上に立ったのである。

そして、さらに、その男は、会場に向かってダイブしたのである。

宙で二回転し、一回ひねりを加え、そして、男は、下にあった、木製の階段椅子の上に降り立ったのである。

あらかじめ、決めてあったのであろう。

ちょうど、そこだけ席が空いていたのである。

そこから先が、いわゆる折り畳みのパイプ椅子が並んだ席であった。

と——

その野球帽の男の前に座っていた客が、次々に立ちあがった。

見れば、身体のごつい、東洋プロレスの若手のレスラーたちであった。

男が、もう一度、跳んだ。

跳んで、自分の前に立った男の左肩の上に左足を乗せ、その前の男の右肩に右足を乗せ、若手レスラーの肩の上を次々に飛んで走り抜け、最後には、リングを囲んだ鉄柵の上に飛び、さらに大きくジャンプして、宙で一転し、なんとロープ最上段に両足を乗せ、反動を利用して、

「ホきゃア！」

もう一度飛んで、リング中央に降り立ったのであった。

カイザー武藤の、まん前であった。

立てば、大きい。

体重は、百キロはあるであろう。

それだけの人間に、これだけ身軽な動きができるのか。

そこで、男は、被っていた野球帽をぬぎ捨てた。

なんと、男は、赤いマスクをその顔に被っていた。
男が、野球帽を、会場に向かって投げ捨てる。
空前絶後——
そう言っていいくらい、会場が沸いた。
こうして、猿神跳魚は、皆の前に現われたのである。

転章　巨人族

1

リング上で、カイザー武藤は、奇妙な男と向きあっていた。

猿神跳魚——マスクマンである。

赤いマスクを被っている。

といっても、メキシカンのレスラーが被るような、顔全体を包むものではない。

隠れているのは、頭から眼までだ。鼻はきちんと露出していて、口だって見えている。

隠されているといっても、むろん眼の部分には穴があいている。

布は、薄いものであり、この布が、ダメージを弱くするということは、まず、ない。それでも、さすがに、試合前にレフェリーのチェックが入り、問題なし、ということで始められた試合であった。

マスクに入りきらなかった髪が、両耳のあたりと、後頭部のあたりで、外にはみ出ている。

総合格闘技の選手が、試合でマスクを被るなどというのは、前代未聞のことであったが、被ってはいけないというルールが、そもそもなかったのである。

リングには、猿神はその赤いマスクを被って姿を現わした。

カイザー武藤のセコンドには、伊達が就いていた。

伊達はそのマスクを見て、

「おれたちに、プロレスを仕掛けてくるつもりらしいぜ」

ぽん、と、武藤の肩を叩いた。

観客も、そして、関係者の多くも、猿神が、試合直前にはマスクはとるであろうと想像していたのだが、猿神がマスクをとらなかったため、レフェリーがマスクをチェックして、試合が始められたのである。

それが、一ラウンド目。

これからが、二ラウンド目だ。

猿神は、赤いロングタイツを穿いている。

そして、素足。

靴を履いても、ルール的にはOKなのだが、そのかわり、靴を履いたら蹴り技が使えなくなってしまう。靴を履いていないということは、蹴り技を使うということであろう。しかし、一ラウンド目、猿神は、一度も蹴り技を出してはいなかった。

そして、二ラウンド目、カイザー武藤は、この奇妙な相手と、今、リング上で睨みあっているのである。

ゴングが鳴らされた。

カイザー武藤は、ぬうっ、と前に出た。

その時、猿神は、奇妙な動きをした。

とん、
と、ステップを踏みながら、後方に退がったのである。

それを追うように、さらにカイザー武藤が前に出た時、猿神がジャンプした。

後方に向かって。

そして、そのまま、最上段のロープの上に立ったのである。

猿神は、後ろを見もしなかった。

ロープと自分の位置を確認することなく、後ろ向きにジャンプして、ロープ最上段に立って、そこで腕を組んでいたのである。

カイザー武藤の身長が、いくら二メートルを越えているとはいえ、これで、猿神に見下ろされるかたちになった。

倒れた時以外、リングで誰かに見下ろされた経験など、これまで武藤にはなかった。

会場が、ざわついた。

これは、反則ではないかという野次と、歓声とが同時に湧いた。

しかし、反則ではなかった。

ルールで禁じられているのは、故意にロープの外へ出ることであり、ロープ最上段に乗っている猿神は、ロープの外に出てはいないことになる。

さらに、ロープについてルールが禁じているのは、ロープを摑んでの攻撃と、ロープを利用したディフェンスである。

つまり――

ロープを摑んでキックを出したり、倒されそうになった時ロープを摑んでしのぐのはやってはいけないことになる。

ルール上は、ロープを摑みさえしなければ、身体のどこでロープに触れていてもよいことになっているのである。

立った状態で、相手と上体を合わせて組んでいる時、どちらか一方の、あるいは両方の背や肩が、ロープに触れていても、これはルール上問題がない。それと同様に、ロープ上に立つ、というのは問題がないことになる。

わかりやすく言えば、これまで、ロープの上に立つ選手など存在しなかった。したがって、ロープの上に立ってはいけないというルールができなかったのである。

腕を組んだ猿神の身体が、トップロープの上で、ゆるく上下している。

信じられない姿であった。

「本物だな」

「忍者だぜ、本当に——」

観客席から、そういう声が聞こえてくる。

——葛城流忍者。

猿神跳魚の肩書きである。

五日前の後楽園ホールでも、そうコールされて、猿神は、初めて人前に姿を現わした。

この試合の前に、リングアナウンサーが、猿神の名前をコールした時にも、この肩書きがついていた。

その時は、

「まさか」

「今時、忍者かよ」

会場にそういう声が生じたのは事実であった。

今、リアルファイトの場で、忍者を名のるものが、どれほど強いのか——

観客の多くは、その肩書きがコールされるのをひややかに聴いたはずであった。

だが、実際に、猿神がロープの上に立っている姿を見ると、その肩書きを信じたくなってしまうものなのであろう。

おれ相手に、ロープワークか。

武藤は、にいっ、と笑った。

おもしろい。

ロープをどう使うか、見せてもらおうか。

しかし——

カイザー武藤は、そこから一歩を踏み込まなかった。

逆に、一歩退がったのである。

充分な距離がある。

いくら、ロープの反動を利用しようが、攻撃が届く距離ではない。

何をしたいのか、ここで待たせてもらおうじゃないか。

「ファイ!」

レフェリーが、ふたりに、試合をするよううながしたが、いずれも動かない。

この場合、レフェリー判断で、猿神に、ロープから下りるよう命ずることができる。

寝技、あるいは立ち技でも、試合が膠着状態になることが、時おりある。そういう時は、レフェリーは、ふたりをいったんブレイクさせて、立った状態から試合を再開させることができるのである。

レフェリーは、明らかに、その時、そうしようと思っていたのであろう。しかし、そうしなかったのは、ロープ最上段に立った猿神に、変化があったからである。

上下に揺れている、猿神の身体の振幅が、ゆっくりとその幅を大きくしていたのである。

「惑わされるなよ、武藤」

背中に声がぶつかってくる。

セコンドに就いてくれた、伊達の声だ。

伊達潮男(うしお)——斑牛(まだらうし)の伊達。

わかってる。

カイザー武藤は、距離をとったその場所で、静かに猿神を見つめている。

覆面レスラーで、ロープ最上段から飛んだり跳ねたりする奴らなら、何人も知っている。

しかし、そこから、直接相手にダメージを与えるような攻撃はかけられない。自分はそれをよくわかっている。

相手が、動かないなら別だ。

リング中央で、仰向けになって動かない人間なら、ロープからその身体の上へ飛びおりてやるだけで、決着がつく。

しかし、それができるということは、相手が動けないということであり、つまり、もう決着がついていることになる。リアルファイトであるなら、わざわざそんなことをしなくともいい。

それに、ロープの上にのっている人間に対して、仕掛ける技を、武藤は持っていない。

これは、相手が、自分にさらに休む時間をわざわざ作ってくれたようなものだ。

ありがたく、その時間をもらおうじゃないか。

レフェリーが、猿神に、ロープからおりるよう伝えるため近づいたその瞬間——

猿神が動いた。

猿神の身体が宙に浮いて、飛んだのだ。

飛んで、右足で、レフェリーの左肩を踏んだのだ。

そして、蹴った。

あっ、

と思った時には、猿神の左足が、武藤の顔面に迫っていた。

ロープの反動を使う場合は、そこに、力の溜めが必要になる。ロープが、いったん一番下まで沈みきってから、反動でそれが持ちあがってゆく力を利用する。

しかし、これだと動きが読まれやすい。

ロープの上でなく、マットに両足をついていた方が、動きは疾いし、蹴った場合、そのインパクトが強くなる。

ロープ最上段に立つというのは、技を派手に見せたりする分にはいいが、相手へのダメージとなると、その威力は半減すると考えていい。

寝ている相手の上へ落ちる時には、高さがあった方が、よりインパクトが強くなるが、実戦の術理からはかけ離れた行為と言っていい。

が——

そうではなかった。

猿神は、レフェリーの身体を支点にして、カイザー武藤の顔面に向かって、蹴りを放ってきたのである。

猿神は、最初からこれをねらっていたのだろう。

武藤は、退がった。

蹴りが、空を切る。

が——

それで終りではなかった。

蹴りが空を切ったその時には、もう、猿神の右足がレフェリーの肩を離れていた。その右足が、武藤の左側頭部に向かって疾ってくるところであった。

当てられた。

避けきれなかった。

それは、猿神の動きだけではなく、レフェリーの動きが加算されていたからだ。猿神が支点としていたレフェリーの身体が不規則な動きをして、その分、蹴りのラインが読みきれなかったのだ。

しかし、当りはしたが、その蹴り自体のインパクトは、半減されている。レフェリーの身体を利用した分、力をのせきれてない。

問題は、打撃そのもののダメージではなく、当てられた、という精神的ダメージの方だ。

こんな、ロープの使い方があったのか。

レフェリーの肩へ乗るための手段として、ロープを利用した。

しかし、いくら、それを思いついたと言っても、それをやってのけられるだけの身体能力がないとできないことだ。

だが、後楽園ホールで、若手レスラーの肩の上を走ってのけたこの猿神なら、こういうこともできるのか。

それに驚いているうちに、次の攻撃に入られていた。

「ホ」

「ホ」

たて続けに、攻撃された。

疾い。

そして、重い。

攻撃が重いのは、もう、猿神の両足がマットの上についているからだ。

「あんたが退がってどうする！」

伊達の声が響く。

そうか、退がっていたか。

「ふんばれ」

伊達のやつ、セコンドに就きたいというから就かせてやったのに、退がるなだの、ふんばれだの、アドバイスじゃねえだろ、それは——

カイザー武藤は、猿神の攻撃をしのぎながら、そんなことを思っている。

いや、もっとも、あそこをどうしろ、ここをこうせよなどと、技術的なことを言われたって、おれも困るけどな。そのくらいがおれにはちょうどいい。

しかし、そんなに悪くないな、リアルファイトというのも。

これまでは、金のために、プロレスをやってきた。

プロレスなんて、好きで始めたわけじゃない。

こんな身体に生まれついて、他に銭の稼げる仕事を思いつかなかっただけだ。

みんな金のためだ。

生きていくためだ。

世間からは、馬鹿にされた。

八百長だとか、見世物だとか、さんざ言われてきたよ。

それは、おまえも同じだろう、伊達よ。

プロレスの中じゃあ、本気でやったらどっちが強いだの、どっちが銭を稼げるだの、おれが赤コーナーだの、裏切っただの、銭に汚ないだの、色んなことがあるよ。あったよ。

そりゃあ、しかたがない。

どんな世界にだってある。

何と言われようが、どんな言われ方をしようが、わかっているのは、おれたちはプロレスで食っていかなきゃならねえってことだ。

真剣勝負で、年に、三試合か四試合——それじゃあ食っちゃいけない。

世間を騙すもなにも、そりゃあ、プロレスに対しての言いがかりだな。

そうだろう、伊達よ。

しかしな。

少なくとも、おれたちにはファンがいたよな。

ファンのためには、できたさ。

けっこう辛いことだって、痛いことだって、会場を盛りあげるためには、何だってやれたよなあ。

対世間ということで言やあ、伊達よ、おれも、おまえも、川辺も、巽だって、おなじだろう。

正直に言っとけば、おれは、プロレスを好きでやってたわけじゃない。

金のためにやったんだ。

その金のことで、プロレスができなくなって、そのために、リアルファイトだってやるようになった。

このリングに、今いるのだって、金のためだ。

だけどな、その好きじゃないプロレスに、おれたちは、ずっと支えられてきたんだ。

病気の時も、おふくろが死んだ時も、おれはリングにあがってたよ。

人間の、春夏秋冬を、そのまんま見せる、それがプロレスだろう。

おれが、腹の中で、そんなことを考えてたなんて、誰にも言っちゃあいないけどな。これからだって、言うつもりはないけどな。

真剣勝負の方が楽なとこ、あるだろう、伊達よ。

負けちゃえばいいんだから。

ノックアウトされたら、真剣勝負はそれで終りだから——

だけど、プロレスは、そこから始まるんだ。

蛍光灯を割って、それをリングに敷いて、その上を素足で歩いてくるような、馬鹿なやつがいるよな。

頭がおかしいよな。

狂ってるよな。

だけど、相手がそれをやってきたら、こっちもそれについて行かなきゃいけない。

向こうが作ってきたステージにのっかって、それよりもっと上のステージへ行かなきゃいけない。

へとへとになるよな。

狂気と、馬鹿の集団だよ、おれたちは。
おれは、一度もプロレスを好きだと思ったことはない。
だけど、プロレスを馬鹿にする奴は許さない——
そう思ってた。
プロレスなんて、好きじゃなかったが、プライドはあったよな。
誇りだけはあった。
支えは、ファンだよな。
ファンが、悲鳴をあげるだろ。
あれが、気持ちいいよな。
どうして、こんなことができるの。
どうして、ここまでやるの。
決まってるよな。
あたり前のことだよな。
プロレスラーだから。
そうやって、胸を張ることができるんなら、もう、あとはどうだっていい。
考えてみりゃあ、プロレスってのは、どっちが馬鹿になれるかの競争だよな。

やせがまんのしっこだよ。
やせがまん比べだ。
なあ、伊達——
……
あ、やばい。
何を考えていたのか。
何をやっていたのか、このおれは。
また、さっきみたいに、後ろからチョークを入れられてるじゃないか。
どうして、いつの間にこんなことになってしまったのか。
だいじょうぶだ、まだ、完全には入ってないからな。
脳に血は通っているし、呼吸だって、まだできる。
こうやって、隙間を作って、ちょっとなら、休めそうだ。
二秒か、三秒くらいは——
三秒あれば、けっこう色々考えることはできるからな。

2

子供の頃から、身体が大きかった。

それで、いじめられた。

フランケンシュタイン、なんて呼ばれたこともあったな。

身長一八三センチ。

体重六十五キログラム。

小学校六年生の時の数値だ。

がりがりだった。

針り金、なんてあだなもつけられた。

背の高いのがいやで、いつも背中を丸めていた。

下ばかり向いて歩いた。

気が弱かった。

小学校二年生くらいまでは、それでも普通の身長だったのが、三年生の時に伸びはじめて、五年生になった時には、一八〇センチを越えていた。

だから、小学校の四年生になってからは、友だちと遊んだという記憶がない。
遊べば、身体のことでいじめられるのがわかっていたからである。
のっぽ、はまだいい。
ナナフシ、と呼ばれたのにはまいった。
「ナナフシ、ナナフシ」
と、はじめて言われた時、それが何のことだかわからなかった。
わからないから、にこにこと笑っていたのである。
あとで調べたら、虫のことであった。
カマキリより細くて、長い虫だ。
細い棒のような手足。
どこが手なのか、足なのか、胴なのか、それがわからない。
動く棒、動く割り箸——そんなことも言われた。
以来、遊ばなくなった。
ひとりで学校へゆき、ひとりで帰った。
そういう、学校からの帰り道で、からかわれたりするのである。
ちょうど、小学校から家まで、二〇分くらい。

川があって、その川の土手を歩いて帰るのが、武藤は好きだった。

そこを歩いている時に、

「おい、ナナフシ」

土手の下から声をかけられた。

無視して歩いていると、

「待てよ」

土手の下から、五人の同級生があがってきた。

サカタ、イシイ、テツオ、ボッコ、ノリタカの五人だ。

二年前までは、一緒によく遊んでいたやつらだった。

それが、自分の身長が急に伸びはじめた時に、態度が変化したのだ。

あれは、いつだったっけ。二年前のどこかだ。

「身体の大きいやつはあそこもでかい」

そう言い出したのは、テツオだった。

「あそこを見せてみろよ」

そう言われたのは、ちょうど、この川の土手の下でのことだった。

「いやだ」

というと、無理やり押さえつけられて、ズボンを下げられた。

ズボンを下げたのは、ボッコだった。

ボッコは、ぎょっとなった。

「で、でけえ」

確かに、武藤の男根は大きかった。

その時に、すでに通常の大人ほどの大きさがあったのだ。

「おやじのよりでかい……」

ノリタカはそう言った。

そんなことを言われているうちに、何がはずみとなったのか、急に、むくむくと勃起しはじめてしまったのである。

めりめりと肉が音をたてそうなほど大きくなり、反りかえった。

「ば、ばけもんだ」

サカタは言った。

異様な光景だった。

身体が、通常の人間より大きい、その比率以上に、武藤のそこは大きく、さらに勃起した時は、自分でもおかしいくらいに大きくなった。

しかも、剝けていた。

その後しばらく続いたのが、

「おい、あそこを見せてみろよ」

という、いじめであった。

時々、別の学校の生徒をノリタカが連れてきて、そいつに見せてやるためだけに、脱がされた。

「すげえ……」

「な、ウソじゃなかったろう」

そんなことを言われた。

以来、

「身体のでかいやつは、○○である」

という、別のいじめに移行した。

曰く――

「身体のでかいやつは、糞もでかい」

「身体のでかいやつは、痛みが伝わるのが遅い」

「身体のでかいやつは、動きがとろい」

それらを検証するため、

「実験である」

と称して、無理に糞を出させられたり、針で刺されたり、色々なことをやられ、させられたのである。

何度やられてもいやだった。

何度やられても、慣れるということがなかった。

やられることはだんだんエスカレートし、武藤がいやがっても——いや、武藤がいやがればいやがるほど、やることも、その内容もエスカレートした。

そういう時に、声をかけられたのだ。

で、今、五人に、土手の上で囲まれている。

「おい、こいつを食ってみろよ」

テツオが、何かを手に持っていて、それを突き出してきた。

みどり色の、細い、棒のようなものが、動いていた。

本物のナナフシだった。

「そっくりだろ、おまえに——」

ノリタカが言った。

見た目は、かなり不気味だ。
「食えよ」
「さあ」
イシイとボッコが言う。
武藤は、黙っていた。
「どうしたんだよ」
サカタが、後ろからしがみついてきた。
動けなくなった。
またやられるのか——
無理やりに。
テツオが、口に、ナナフシを押しつけてきた。
顔をそむけた。
それでも、テツオの手が追ってきた。
唇を割って、ナナフシが押し込まれてくる。
最後は、歯を嚙んだまま、ナナフシが歯の裏側にまで入ってこないように抵抗した。
誰かに鼻をつままれた。

それで、息が苦しくなった。歯の隙き間を通り抜ける空気の量だけでは、さすがに呼吸が苦しい。

歯を開く。

ついに、口の中に押し込まれた。

口の中で、出口を探して、ナナフシがもがいている。

その感触があわれだった。

ぽろぽろと涙がこぼれた。

口の中でもがいているナナフシ、それが自分のことのように思われた。

嚙んだ。

おもいきり嚙んで、ナナフシの動きを止めてやった。

苦い味が、口の中に広がった。

こいつらだ、こいつらが殺させたんだ。

ナナフシを。

おれを。

はじめて、哀しみ以外の何かがこみあげた。

怒りのようなもの。

憎しみのようなもの。

それが、身体を割って、熱い大きな温度となって、外へ飛び出してきた。

「ひゃああっ」

声をあげた。

誰だ。

おれを、いじめてるのは。

誰だ、おれを動けなくしているのは。

右腕を振った。

右腕を押さえていたノリタカが、軽々と宙に飛んで、土手の上に仰向けになった。

「おまえか」

ノリタカを睨む。

「おまえ、何だよ、急に――」

そう言っているノリタカの口を、真上から踏みつけた。

「あがっ」

ノリタカが、声をあげた。

歯が、二、三本、折れる音がした。

眼の前にいて、ひきつった顔で、自分を見ながら笑っているテツオの顔に、額を打ち下ろした。

イシイは、逃げようとした。

逃がさない。

右手で襟を掴んで、引いた。

倒れた。

その腹を、おもいきり踏んでやった。

「げぶっ！」

と、声をあげて、イシイは黄色い胃液を吐き出した。

身を丸めて、げええ、げええ、と呻いているイシイの横で、ボッコが呆然とした顔つきで武藤を見ていた。

なんだ、こいつら、何もできないじゃないか。

いったん、武藤が本気で動き出したら、その体力差は圧倒的であった。

ボッコの腹を蹴りあげると、その身体は宙に浮いて、土手の斜面を河原の方へ転げ落ちていった。

背後から、自分を押さえていた力が消えた。

振りかえると、サカタが、ひきつった笑みを浮かべてそこに立っていた。

「わ、悪かったよ。冗談だったんだ。ほんのちょっと。遊びで。おまえも、楽しんでたんじゃなかったのか……」

怯えている。

武藤は、ぞくぞくとしている。

毛穴がふくらんで、そこから、悦びがふきこぼれてくる。

そうか。

力か。

力で、相手を支配するって、こんなに楽しいのか。

こいつら、こんなに弱かったのか。

知らなかった。

おれを怖がっている。

自分を怖がっているやつを見おろす時の、何という快感か。

「ゆ、許して……」

いいよ。

許してやるよ。

これまで、おれは楽しくなんかなかったし、遊んでるつもりもなかった。
だけど、許してやるよ、サカタ。
でも、これからは、おれが遊ぶ番だ。
おれが楽しむ時間だ。
いいよな。
サカタは、いやいやをするように、小さく首を振った。
ショータイム。

あとがき

いよいよ最終局面へ

引越をした。

これまで住んでいた家に、もう本が置けなくなってしまったからである。

細ごまとした理由は色々あるのだが、一番大きな理由はそれである。

他のことで言えば、趣味のもの——たとえば釣り道具だの、他のあれこれのものを、きちんと置く場所を作って、使い勝手をよくしたかったのである。

ここ十年くらい、資料や本を捜すのに、時間がかかり、たちまち一時間、二時間の時間が過ぎてしまうということが、常態化していた。釣り道具を用意する時もそうであった。

なにしろ、今年、六十七歳。

色々なことに無駄な時間をかけているよりは、もっと効率よくものごとを回転させていきたいと考えたからである。少ない残り時間を、できるだけ有効に使いたかったのである。

それで、およそ五ヵ月、小説誌の原稿を休んでしまった。

この間、やっていたのは、小説誌以外の仕事三本だけ。

それで何をやっていたのかというと、ひたすら段ボールを開けては、資料やら本やらを、分類し、箱に入れ、棚に収め、名札をつけ、整理をするということをし続けていたのである。

三月から、仕事再開。

もう、すっかり、もとの状態にもどってしまった。

そして、引越してからの、一番最初の本が、この『餓狼伝』となった。

この物語も、いよいよ、最終局面に向けて動きはじめた。

少しずつ、一回あたりの枚数を増やしてゆかねばと思っている。

あと五年で、今の連載の多くを完結させ、五年から先は、これまであたためてきた物語をぐいぐいと書いてゆきたいと思っているのである。

二〇一八年　五月

小田原にて――

夢枕　獏

この作品は二〇一八年七月、小社より刊行されました。

双葉文庫

ゆ-01-24

新・餓狼伝（しん・がろうでん）

巻ノ四　闘人市場編（まきのよん　とうじんいちばへん）

2022年3月13日　第1刷発行

【著者】

夢枕獏（ゆめまくらばく）

【発行者】

箕浦克史

【発行所】

株式会社双葉社

〒162-8540 東京都新宿区東五軒町3番28号

［電話］03-5261-4818（営業部）　03-5261-4831（編集部）

www.futabasha.co.jp（双葉社の書籍・コミックが買えます）

【印刷所】

大日本印刷株式会社

【製本所】

大日本印刷株式会社

【カバー印刷】

株式会社久栄社

【DTP】

株式会社ビーワークス

【フォーマット・デザイン】

日下潤一

ISBN978-4-575-52547-2 C0193

Printed in Japan

双葉文庫・好評既刊

新・餓狼伝
巻ノ一 秘伝菊式編

夢枕 獏

東洋プロレス主催「バーリトゥード・チャレンジ」開幕！ 夢の対戦カードの連続に闘魂が沸騰する格闘小説の金字塔。

双葉文庫・好評既刊

新・餓狼伝

巻ノ二　拳神皇帝編

夢枕獏

熱戦続く「バーリトゥード・チャレンジ」。丹波文七がリングに帰ってきた。最強を目指す漢たちの挑戦は熱狂と興奮の頂へ！

双葉文庫・好評既刊

新・餓狼伝

巻ノ三　武神伝説編

夢枕　獏

松尾象山が魅了された京野京介が華々しくデビューを飾った。師である磯村露風とともに格闘技の世界征服を宣言する！

双葉文庫・好評既刊

東天の獅子 第一巻～第四巻
天の巻・嘉納流柔術

夢枕 獏

明治日本に現れた奇跡のような漢たちの、死闘につぐ死闘。柔道草創期を舞台にした圧倒的面白さを誇る大河格闘巨編。